三浦文学の魅力と底力

なぜ三浦文学は今なお
現代人の心を
惹きつけるのか？

込堂一博

イーグレープ

●表紙写真説明：旭川市の「雪の美術館」（著者撮影）

旭川市の代表的観光施設、北海道伝統美術工芸村にある雪をテーマにした美術館。同じ敷地にある優佳良工芸館（休館中）の織元・木内綾さんと三浦綾子さんは、生前は大の親友同士であった。三浦綾子さんは、公式行事や旅行時に優佳良織りの上着をいつも愛着されていた。

まえがき

２０１９年は、クリスチャン作家・三浦綾子さんが召されて20周年、夫の光世さんが召されて5周年の年でした。１９９１年春に、思いがけず故郷・千歳から旭川めぐみキリスト教会に転任したことが契機で、三浦ご夫妻との出会いと交流が与えられました。

三浦ご夫妻の自宅は、教会から徒歩2分の近距離にあり、綾子さんと8年間、光世さんとは22年間交流が与えられました。このことは、私の人生にとって全く予期せぬ出来事であり、天の神からの特別なサプライズプレゼントでした。

私は２０１３年春、旭川めぐみキリスト教会を定年退任し、高齢の母親の介護のために札幌に移り住んで早くも7年になります。自ら高齢期を迎えたことから、かって旭川で身近に接した三浦ご夫妻との関わりと出来事の経緯をコンパクトにまとめて後世に伝えたいという願いが与えられ出版する志を与えられました。

本書を通じて、三浦ご夫妻の人柄や信仰と「三浦文学の魅力と底力」を知っていただき、三浦文学に親しむきっかけになっていただけましたら幸いです。

２０２０年1月　　　込堂　一博

目　次

（1）三浦夫妻との出会いと交流

私が10代の後半、朝日新聞1千万円懸賞小説で、北海道の旭川市にある小さな雑貨店を営むごく普通の主婦、三浦綾子さん作の『氷点』が入選したというニュースが大々的に報道されました。三浦さんは、日本基督教団旭川六条教会に通うクリスチャンで、『氷点』のテーマが「原罪」ということも人々の大きな話題となりました。入選後の新聞連載、単行本発行、『氷点』を原作とした内藤洋子主演のテレビドラマは大変な人気となり、日本全国に「氷点ブーム」が沸き起こりました。

この『氷点』から取られて命名

された「笑点」というお笑い番組は、今も続いています。この一つを見ても、当時の「氷点ブーム」のすさまじさを知ることができます。『氷点』入選後、このようなストーリーを素人の平凡な主婦が書けるわけがないという疑惑も起こりましたが、三浦さんご本人は、ひどく心傷ついたに違いありません。昔も今も、確かな根拠もなく憶測で事実を歪めるような事柄は、あらゆる分野で起こっているように思われます。

この『氷点』を読んで、キリスト教月刊誌「信徒の友」の編集長をされていた佐古純一郎氏は、早速、三浦さんに連絡して小説の執筆を依頼しました。この要請を受けて三浦さんは、所属教会の大先輩で旧国鉄職員の長野政雄氏を主人公にした小説『塩狩峠』を執筆しました。この『塩狩峠』は当初、クリスチャンの読者を念頭に書いたものでしたが、不思議なことに、この小説を読んで教会に導かれ、キリストを信じた人々が非常に多いことに驚かされます。その中には、花の詩画作家で著名な星野富弘氏、作家で幅広く活躍されている佐藤優氏、三浦綾子読書会を創設した長谷川与志充氏などがいます。

この他にも三浦文学を通じて信仰に導かれた人は数えきれません。

三浦さんは、その後も次々と『道ありき』『ひつじが丘』『光あるうちに』などの新作を発表し、圧倒的な数の読者を獲得して一躍ベストセラー作家となり、77歳で召されるまで活躍を続けました。このような意欲的な作家活動の原点は、三浦さんが戦後、人生のどん底状態からキリストによって救い出されたという感謝と感動にあります。この素晴らしい救い主を一人でも多くの人々に伝えたいという燃える情熱です。

１９９１年4月、私は千歳福音キリスト教会から、旭川めぐみキリスト教会に転任しました。以前から旭川めぐみキリスト教会は、医師や看護師、旭川医科大学の医大生など、医療関係者が多い教会と聞いていました。しかもその教会は、三浦夫妻の旧宅を譲り受けて誕生し、三浦夫妻とも関わりが深いことで良く知られていました。さらに初代の岸本紘牧師、前任の正田眞次牧師のお二人は、共に学識や行動面で優れた方々でした。そのような教会に、私は相応しくないのではないかと恐れ、尻込みしていました。葛藤を覚え祈っていたとき、創世記12章1～2節の主がアブラムに語られた言葉が強く響いてきました。

あなたは、あなたの生まれ故郷、あなたの父の家を出て、わたしが示す地へ行きなさい。そうすれば、わたしはあなたを大いなる国民とし、あなたを祝福し、あなたの名を大いなるものとしょう。あなたの名は祝福となる。

私は、室蘭市生まれですが、生後1年で父母が千歳市の新川という寒村に移り住み、そこで育ちました。そのため、実質、千歳市が私の故郷であり、実際そこに「父の家」がありました。そこを出て、主が示される地、旭川へ行くと祝福されるという約束を握って転任を決断しました。慣れ親しんだ故郷を離れることは、非常に寂しい気持ちに襲われたことを思い出します。大きな期待と不安を抱えて旭川に向かいました。

旭川に転任してすぐ、教会の近くにある三浦夫妻の自宅を家内と共に表敬訪問しました。著名な三浦夫妻に初めて個人的にお会いするということで非常に緊張していました。秘書の方を通じて和室で待っていると、三浦夫妻がにこにこと入って来られ、その第一声が「まあ、素敵なご夫妻ね」というものでした。

これには内心びっくりしました。私たち夫婦は常日頃、いろいろな面で未熟な夫婦だと強く自覚していたからです。まして他者から「素敵な夫婦ですね」などとは一度も言われたことはありません。

誰からも言われたことのない褒め言葉を、三浦さんから頂きました。後日、三浦さんは、出会った人々に対して誰にでも、必ず「励まし」と「愛情」を表す褒め言葉を惜しまれないと聞きました。ですから、三浦さんから頂いた第一声を「褒め言葉」というよりも、「素敵な夫婦になってくださいよ」という励ましの言葉として受け止めました。

「何がお好きですか」と問われ、「自然が好きです」と答えました。それに対して三浦さんは「私も自然と人間が大好きです」と答えられました。この答えに、私は三浦文学の魅力の秘訣を発見した思いでした。また一方で、自然は好きでも、人間をあまり好きではなかった私は、大いに反省を迫られた一言でもありました。

さらに、私が「著名な三浦先生ご夫妻を前にしてとても緊張しています」と打ち明けると、三浦さんの眼光が鋭く光り、少し厳しい表情で「著名ということは、くだらないことです。そんなことで恐れないでください」と強く言われました。しかしその直後、笑顔で「私など人を食って生きていますよ」と冗談を言われましたので、ほっとしました。

この初対面以来、三浦夫妻とは、近所ということもあり、何かと親しい交流をさせていただき、励まされ、祈っていただいたことは、私にとっては非常に大きな祝福でした。その後、綾子さんとは召されるまで8年間、夫の光世さんとは22年間親しい交流が与えられました。初対面の時、綾子さん69歳、光世さん67歳、私は43歳でした。

（2）三浦夫妻と旭川めぐみキリスト教会

私が転任した旭川めぐみキリスト教会は、国際福音宣教会（ＯＭＦ）＝当時は国際福音宣教団＝の英国人宣教師、ウィリアム、シーラ・フェニホフ夫妻が、１９６８年10月に旭川市豊岡地区で開拓伝道をして始まりました。翌11月には「旭川豊岡福音キリスト教会」として最初の礼拝が持たれ、フェニホフ夫妻は、宣教活動の一環として英会話教室を始めました。そこに近所に住んでいた三浦夫妻が出席するようになりました。その頃、三浦綾子さんは『氷点』入選で作家デビューして「時の人」になっていました。編集者をはじめ多くの来客に対応するため雑貨店を閉店し、旧宅から徒歩約２分の所に新しい自宅を建てられました。

フェニホフ夫妻が新しい伝道所の場所を探していることを知った三浦夫妻は、旧宅を国際福音宣教会に寄贈することを祈りの中で決断しました。『氷点』『塩狩峠』『道ありき』などの名作を生み出した、いわば三浦文学誕生の家を宣教の前進のためにささげられたのです。この旧宅にフェニホフ夫妻が71年９月から入居し、宣教師館兼集会（礼拝）所として用いることになりました。

その後、オーストラリア出身の宣教師、デイビッド、ロスリン・ヘイマン夫妻が宣教活動に従事しました。綾子さんが風邪をひいて寝込んだとき、ヘイマン夫妻の幼いお子さんが「三浦のおばさんが早く癒やされるように」と祈ってくれたことを知った綾子さんは、大変感激して、そのことをエッセーにも書いています。

このヘイマン夫妻時代に、初めて日本人牧師として、岸本紘（ひろし）牧師を招聘（しょうへい）しました。米国留学帰りの岸本牧師は、非常にシャープな福音的説教と人格者としての魅力を合わせ持ち、青年層を中心に多くの人々が教会に集うようになりました。綾子さんも、岸本牧師の説教に強く惹かれてい

赴任した1991年、旭川めぐみキリスト教会での記念撮影

たと聞きました。それまで旧宅の居間と隣室を用いていた礼拝場所が手狭になり、81年10月、旧宅裏に木造2階建て・一部鉄骨の教会堂が献堂されました。私はかなり後になって、その会堂用地も三浦夫妻が寄贈されたことを知って驚きました。新会堂献堂を機に教会の名称も「旭川めぐみキリスト教会」と変更されました。

岸本牧師の在任期間は約6年でしたが、この間に多くの人々が救いにあずかり、旭川めぐみキリスト教会の基礎が作られたといえます。86年、岸本牧師は埼玉県の川越聖書教会に転任され、良き牧会伝道の働きをされ、現在は名誉牧師です。なお、岸本牧師時代に、教会員の花香寿子（はなか・としこ）姉が、三浦夫妻の秘書として短期間労されました。

岸本牧師転任後の1年間は無牧でしたが、87年に関西から正田眞次（まさだ・しんじ）牧師が2代目牧師として赴任しました。正田牧師も非常に学識があり、特に大学生・青年伝道の賜物がありました。在任期間はわずか4年でしたが、離任前のイースターには9人の方々に洗礼を授けました。その1人で受洗当時、北海道教育大学を卒業したばかりの遠藤稔（みのる）兄は、旭川大学高校音楽教員、札幌の音楽会社を経て直接献身し、聖書宣教会で学び、現在は札幌の東栄福音キリスト教会の牧師として良き牧会をされています。

91年3月に離任された正田牧師はその後、ユニークな「学座」の働きを始め、現在の日本が抱える社会・政治問題について鋭い発言を続け、三浦綾子読書会の講師としても幅広い活動をされました。しかし、２０１５年1月27日に59歳で急逝。さらなる活躍が期待されていながら、若くして召されたことは残念至極です。

その正田牧師の後任として、私が91年4月、旭川めぐみキリスト教会に赴任した次第です。三浦夫妻は、牧師という働きを非常に重んじ尊敬されていた方々でした。その良き影響もあったのか、旭川めぐみキリスト教会の方々は、私たち夫婦を温かく迎えてくださり、さまざまな形で良き関係の下に働きを進めることができたのは幸せでした。そのような教会の良き雰囲気の中で、私たちの2人の子どもたちも信仰告白に導かれ、父親である私が、彼らに洗礼を授けることができたことは最も大きな祝福の一つでした。

私が赴任したとき、綾子さんはすでにパーキンソン病を発症していましたが、昭和天皇崩御後、戦前回帰の傾向を見せる日本の状況を非常に憂え、病の中で命を削って最後の長編小説『銃口』を書き上げました。この小説は、綾子さん自身が戦中、軍国主義教師であったことへの懺悔（ざんげ）と平和・非戦の願いが色濃く反映されています。極東アジアの軍事的緊張が高まり、日本の軍事費もますます増強しつつある昨今、『銃口』は非常に重要な意味があるといえます。

さて私の赴任後、三浦夫妻の旧宅ではなく他の場所に住宅を借り、そこを牧師館として使用するようになりました。冬は氷点下20度にもなる旭川で、旧宅は寒さが厳しいことと、教会に隣接しているよりも、少し離れた所に牧師館があった方が牧師家庭にとってもプラスではないかという教会側の配慮からでした。そのため、三浦夫妻から譲り受けた旧宅はしばらくの間空き家となっていましたが、このことが後にとんでもない大きな問題へと発展することになりました。

(3) 旧宅解体と保存運動の渦の中から

三浦夫妻から譲り受けた旧宅をいつまでも空き家としておくのは、防災などの面から心配があると指摘され、教会として旧宅をどうすべきか、判断に迫られました。一部からは、三浦文学誕生の貴重な住宅なので、「三浦綾子文学館」にしてはという声も上がっていました。

そのため私が直接、三浦綾子さんに相談したところ、「私の名前が付く文学館などつくらないでください。そんなことをしたら、先生と絶交よ」と、いたずらっぽく微笑まれて固辞されました。そのことを旭川めぐみキリスト教会の役員会に伝え協議し、三浦夫妻にも承認いただいた上で「旧宅を解体し、その土地を教会の駐車場として活用しよう」という結論になりました。

ただ貴重な住宅なので、１９９３年11月7日に旧宅解体式を行うことを公に発表し、新聞などでこのことが報道されました。私個人は、役員会で解体を決定したものの、せっかく寄贈してくださった建物を解体することは、三浦夫妻に申し訳なく、多少重い気持ちで日曜日午後の解体式に臨みました。

その解体式には三浦夫妻も参加され、各部

「氷点」執筆の三浦夫妻・旧宅

屋を懐かしそうに見て回られ、その表情はとても悲しそうでした。解体式の席上で綾子さんは、旧宅の思い出を時折、声を詰まらせて語られました。解体式には、報道関係者や三浦文学ファンも何人か参加していました。

解体式を終えてしばらくしてから、旭川大学の山内亮史教授（後に学長）をはじめとした有志から、旧宅を解体するのではなく、保存してほしいという突然の申し出があり驚きました。有志の方々は、保存できるように一旦解体し、倉庫に保管し機会を見つけて復元したいという希望でした。14日に山内教授と教会との話し合いに入り、①家の骨格全体を保存する、②保存場所は山内教授らが確保する、の2点について同意しました。

この一連の事柄も地元紙などで大きく報道され、市民の関心事となりました。当時の「あさひかわ新聞」（1993年11月23日号）に次のような記事が掲載されました。

保存運動の高まりについて三浦さんは「旧宅は教会に寄贈したものなので、自分からどうして欲しいということは一切ない。（元旭川大学長で文芸評論家の）高野教授と教会との協議で決めてもらいたい」と話し、高野氏に全幅の信頼を置いているようだ。一方、教会側は「今年6月に解体の方針が決まり、新聞にも報道された。その際、市内の学者から『保存しては』との談話が掲載されたので、もしかすると保存運動が起こるのではと予想していた。しかし、以後一切保存の動きがなかったので、今回の保存運動はある意味で意外な面も感じる」（込堂牧師）と戸惑いを隠さない。ただ、今回の解体の延期を受け入れた以上、「保存の動きが市民運動となるのであれば、その考えを尊重したい」（同）と当面は静観の構えのようだ。

この保存運動を契機に、市民の間から「三浦綾子さんの文学館が旭川に必要ではないか」という声が上がり始めました。一方、三浦夫妻は、自分たちが教会に寄贈した旧宅のことで牧師や教会が、保存運動の騒動に巻き込まれたことを大変気にされていました。

翌年1994年3月10日、小説『銃口』が小学館から発行され、綾子さんから真新しい『銃口』上下巻を頂きました。その上巻の表紙裏に綾子さんの震える文字で「謹呈　その節は何かとご迷惑をおかけ致しました　1994，3，5　三浦綾子　込堂一博先生　初枝様」と記されてありました。しかも『銃口』の主人公・竜太の上官に「近堂」という名前の一等兵が登場します。『銃口』には、近堂一等兵について、次のように書かれています。

近堂一等兵は内務班（宿舎）で竜太に戦友として与えられた古年兵であった。軍隊には、初めて軍隊生活をする初年兵一人々々に対して、直接細やかにその指導する古年兵がついていた。（中略）竜太は入隊の日に近堂に会ったのだが、その時の印象が忘れられなかった。近堂は雪焼けした丸顔一杯に微笑を湛（たた）えて竜太を迎えた。それはあたかも久しぶりに肉親にでも出会ったような、あたたかい笑顔だった。（『銃口』〔下〕134〜135ページ）

綾子さんはよく小説に、自分とゆかりのある人の実名を少し変えて取り入れることがあります。この「近堂」という名前に、私も気になって後日、三浦綾子読書会顧問（現在は代表）の森下辰衛（たつえい）氏にお聞きしたことがありました。森下氏は「綾子さんは、明らかに込堂牧師の名前から近堂という名前を付けていますね。間違いありません」とのコメントをいただきました。この近堂一等兵は素晴らしい人物で、最後にはソ連の戦闘機に銃撃され、部下をかばって身代わりの戦死を遂げます。私は、明らかに『銃口』の近堂一等兵のような立派な人間ではありません。ただ綾子さんは、旧宅騒動のことで申し訳ない気持ちの表れとして「近堂」という名前を付けられたのかもしれません（このことについて、綾子さんには生前直接お聞きしませんでした）。

この旧宅解体がきっかけで、三浦綾子文学館設立の動きが一気に高まり始めました。一方、旧宅の復元については保存運動の方々の尽力で、小説『塩狩峠』の舞台である和寒（わっさむ）町との交渉が進められていました。旧宅解体決断から、綾子さんに関わる身辺は大きく動き始めました。

（4）その魅力の理由

三浦文学の魅力はどこにあるのか、の問いに対して、そのテーマが明確であることが上げられます。「人はいかに生きるべきか」「生きるとはどういうことか」が、三浦文学の根底に流れています。インターネットを検索してみますと、「三浦綾子入門　三浦作品のどこがいいの？」というページに、三浦文学の「効能」について興味深いポイントが上げられていましたので、その要約をご紹介します。

三浦文学の効能

①心が洗われる

三浦文学はとても感動的な作品が多く、何度読み返してもまた違った感銘を受けることがある。多忙な日々を送る現代人にとって、一種の清涼剤といえる。

②優しい気持ちになる

三浦文学はとても心温まる話にあふれている。これはエッセーなどを読むとよく分かる。自分が上の立場に立った優しさではなく、相手と同じ視点に立つ優しさというものを強く感じる。

③前向きに物事を考えられるようになる

三浦文学では、とてもつらい境遇に置かれている人々が多数紹介されている。しかし、

三浦夫妻がこよなく愛した美瑛の丘

その人たちは、決して苦難につぶれず、とても前向き。そういう人たちを見ると、自分の置かれている環境など大したことはないと思える。

④謙虚な気持ちになる

右記の「前向きに物事を考えられるようになる」は、物事がうまくいっていないときに思える気持ちだが、「謙虚な気持ちになる」は、特に自分では調子が良いと思っているときに一番効能を発揮する。

⑤泣ける・感動できる

右記4点では、「人生の教科書的存在」のような堅いことを挙げたが、三浦文学の効能としてこの「泣ける・感動できる」は欠かせない一つ。素直に泣ける、感動できるのが三浦文学。

『氷点』入選直後、いち早く三浦綾子さんに直接電話をし、キリスト教月刊誌「信徒の友」に連載小説を書いてほしいと打診したのは、当時「信徒の友」の編集長であった佐古純一郎氏でした。文芸評論家であり牧師でもあった佐古氏は、編著『心を詩（うた）う作家　三浦綾子の世界』（主婦の友社）で、三浦文学の魅力を次のように分析しています。

北海道に生まれ、北海道に育ち、おそらく北海道で死んでいくであろう三浦綾子さんの存在は、誇張でなく現代の奇跡の一つだ、と私は考える。まったくの病身で、いつも死線を漂うている存在である三浦さんにとって、夫の光世氏のあたたかい愛が、そのバイタリティの源泉になっていることを私は疑わないが、しかも、三浦さんと光世氏の間に流れているものは、単なる夫と妻の愛を超えて、何かしら聖なるものを感じさせるのである。三浦夫妻の姿を見るたびに私はあのミレーの「晩鐘」を想い浮かべるのである。信仰という力強い絆によってしっかりと結び合わされた男と女とのそれは生きた証人というべき存在なのである。

三浦さん夫妻の姿にミレーの「晩鐘」を想うと書いた私は、あの「晩鐘」の農夫とその妻が、晩鐘をききつつ、祈っている姿がまるで三浦さん夫婦の姿そっくりであることをいつも思うのである。もし『三浦綾子の世界』といういいかたがゆるされるなら、その世界をつくり出している根源はまことに「祈り」以外のなにものでもないといってよいであろう。三浦さんの文学は祈りの文学である。祈りによって創り出される文学である。

佐古氏は、三浦文学を「愛と祈りの文学」と総括して、それが三浦文学のたぐいまれな魅力であると洞察しています。確かに三浦夫妻の夫婦愛は、お互いが祈り合い、尊敬し合うところから生まれ出る夫婦愛です。宗教改革者マルティン・ルーターは、「家庭は国家の土台である」「すべての幸福と不幸の源は、家庭である」という名言を残していますが、三浦夫妻は、家庭や夫婦関係を非常に大切にされたことでよく知られています。そして、作品執筆前には、必ず祈ることを習慣とされていました。特に夫の光世さんは、ことあるごとに主への感謝ととりなし、願いの祈りを欠かさなかったキリスト者でした。このように夫婦仲が良く、執筆前に必ず祈る習慣を持つ作家夫婦は、世界中探しても稀有な存在ではないでしょうか。

さらに佐古氏は、三浦文学の魅力は、綾子さんの深い人間理解にあると、次のように指摘されています。

三浦さんの人間理解には2つの側面があるように思われる。それは、人間というものは、まことにどうしようもない、ギョッとするような、恐ろしい存在であるという認識と、どんなに人から悪くいわれるような人にも、必ずよいところがあり、一切の差別を越えて、

人間というものは尊い存在なのだ、という確信である。表面的にだけ受けとると、この2つは矛盾するように思われるが、三浦さんの人間に対するやさしい凝視のなかでは、それはけっして矛盾ではないのであって、そのいずれもが人間の現実であるところに、人間という存在の有難さがあるのだ、とそんなふうに三浦さんは訴えているように思われる。……現実の人間の姿が、どのように汚辱にまみれていようとも、人は自分が人間として生れたということを大事に心に受けとめて、真実に人間になるためにこそ努力しなければならない、とそう三浦綾子さんは覚悟を決めている人なのである。なにがそういう覚悟を三浦さんの心に起させたのか、私はそれは「愛の力」であるといいたい。

三浦文学の根底に流れている「人間への愛」。読者はその愛に感動し、癒やされ、励まされ、生きていく勇気を与えられ続けています。

(5) 三浦綾子さんと星野富弘さん

旭川に転任してすぐに三浦夫妻を表敬訪問したとき、綾子さんのエッセー集『風はいずこより』（いのちのことば社）を1冊頂きました。その中に「苦難と不幸」というエッセーがありました。それには、綾子さんが敬愛する岸本紘（ひろし）牧師から、川越聖書教会での講演にお招きを受けたときのことが記されていました。講演の後、綾子さんは星野富弘さんと対談するために、群馬県の星野宅に向かわれました。綾子さんも、星野さんの詩画に感動を受けていましたので、星野さんにお目にかかりたいと願っていましたが、いざお会いするのはつらいという思いを持っておられたようです。

１９８８年5月20日、32度もある暑い日、綾子さんは、星野さんにお会いするなり感動の涙があふれ、思わず星野さんを抱擁されました。この時の対談が『銀色のあしあと』と題して、いのちのことば社から出版されました。既に多くの方がご存じのように、星野さんは70年に群馬大学教育学部を卒業された後、中学校の体育教師になりましたが、同年、クラブ活動指導中に頸椎（けいつい）を損傷し、首から下の体をまったく動かせなくなってしまいました。体育教師で登山大好きなスポーツマンであった星野さんにとって、寝たきりになったことは、絶望以外の何ものでもありませんでした。そのような闘病中にキリストに出会った経緯が、『銀色のあしあと』に次のように記されています。

『塩狩峠』の本を持って来てくださったのは、病院で検査技師をやっていたクリスチャンのかたです。その前には米谷さんという大学の先輩がいて、聖書を持って来てくれた。それが、そもそもの初めなんですね。でも、あれですねぇ神さまというのは、時には遠回りをさせて、いつの間にか味なことをされるなあと思いますね。

本にも書いたことがあるんですけど、裏の畑の土手に小さな十字架が建ったんです。それに、『労する者、重荷を負う者、我に来たれ』という文句が書いてあって、それを、高校1年生のとき見つけたんですね。豚の肥やしをかごでしょい上げているとき、いきなり目の

芳賀牧師と星野ご夫妻を訪問

前に現れて、それが聖書の言葉との最初の出会いでした。たまたま豚の肥やしという重荷を負ってましたから、その『労する者、重荷を負う者』という言葉は印象的でした。(笑)うまいところに建てたなあと思いました。

(中略)ええ、ちょうど坂を登る途中の小さな墓地にあるんですけどね。真っ白の十字架で。ただ、『我に来たれ』というのが、そのときはどうもわからなかったんです。でも、わからないままに、なんだろうなあっていうふうに何年もずっと思ってました。この東村(あずまむら)に教会がないので、神さまはそんなふうなかたちで、おれを聖書に出会わせてくれたのかもしれません。(44、45ページ)

星野さんは、闘病中に聖書と共に三浦作品を読むことによってキリストと出会い、前橋キリスト教会の舟喜拓生牧師から洗礼を受けました。以後、星野さんは、綾子さんを「北極星」に例え、綾子さんを目標に生きるようになったと、講演で直接聞いたことがあります。星野さんの詩画集は、国内外で非常に多くの人々に愛され、生きる勇気と励ましを与え続けています。故郷、東村(現みどり市東町)に建てられた富弘美術館には、現在までに数百万人の人々が来館されています。さらに国内外各地で詩画展が開催され、多くの人々が星野作品に感動を受けています。

私が旭川に転任して数年後、教会員で体の不自由な姉妹が「旭川でも星野富弘さんの詩画展を開きたい」と口にされました。この一言がきっかけで、旭川市内の多くのキリスト教会が協力して、１９９７年11月に旭川駅前の西武デパートで「星野富弘　花の詩画展」を開催することになりました。開催期間６日間で約７４００人の来場者があり、大盛況でした。そのオープンセレモニーのテープカットに、三浦夫妻も来ていただけたのは幸いでした。綾子さんが召される2年前の秋でした。

詩画展開催の実行委員長は旭川六条教会の芳賀康佑（しが・やすすけ）牧師、事務局長は私が務め、開催前後には、芳賀先生と２人で群馬県の星野さんにごあいさつに伺いました。星野さんとも直接お会いし、交わりをいただけたことは大きな恵みでした。当時は、三浦綾子記念文学館の建設に向けて募金を集めている時期で、星野さんは詩画の使用料全額を文学館建設のために寄付してくださいました。

多くの人々に感動と生きる希望を与え続けている星野さんの詩画。その背後には、星野さんと三浦文学（作品）の出会いがあったのです。

大学の後輩である星野さんに聖書を贈った米谷信雄牧師（美唄福音キリスト教会協力牧

師）は、次のように記しています。

あなたは私が　考えていたような方ではなかった
あなたは私が　想っていたほうからは来なかった
私が願ったようには　してくれなかった
しかし　あなたは
私が望んだ　何倍ものことを　して下さっていた（当てはずれ）

星野さんの新しい詩画集『あなたの手のひら』の中に、「当てはずれ」と題する詩を見つけた。そして、これまでの星野さんのことを振り返って思った。あの時、私は何を願い、何を期待していたのか、ほんとうは何も知らなかったのではないか、と。でも、一粒の麦がいま、何百倍もの実を結んでいるようにも思った。

（中略）聖書に「すべてのことが、神から発し、神によって成り、神に至るからです」（ローマ人への手紙11章36節）ということばがあるが、私からではなく、「神から」、私にではなく「神に」、星野さんのことを振り返ると、ほんとうにそう思う。そして星野さんが、「まむしぐさ」の絵に添えた詩の結びのことばを、私も忘れないでいようと思った。「すべ

て神さまのなさること　わたしも　この身を　よろこんでいよう」と。（2000年冬号「クォータリー」No・35）

絶望のふちにあった星野さんをキリストに導き、生きる希望と使命に目覚めさせるために用いられた三浦文学（作品）。ここにも三浦文学の底力があることが証明されています。

（6）三浦綾子記念文学館の完成

三浦夫妻の旧宅解体式を機に、「旭川に三浦綾子記念文学館を」という機運が一気に沸き起こってきました。その頃、パーキンソン病の症状が悪化する綾子さんを、夫の光世さんは忍耐深く日々介護されていました。当初、綾子さんは文学館をつくることを固辞されていましたが、病状が悪化する中で、親友の木内綾さんに「作品を残す場所をつくってほしい」ともらしたといいます。そのことも大きなきっかけとなり、1995年12月6日に「三浦綾子記念文学館設立実行委員会」が誕生し、全国から3300人が登録、委員会の会合には８００人が参加しました。

一口２千円から募金を呼び掛ける市民運動の働きにより、３年後には全国１万５千人を超える人々から３億円以上の寄付が集まりました。97年には、財団法人三浦綾子記念文化財団が設立され、理事長に光世さんが就任。建設場所には、代表作『氷点』の舞台・見本林に、という声が多く上がりました。見本林は国有林ですが、その一角にあった林野弘済会（現・日本森林林業振興会）の売店跡地を借りることができるようになり、ついに文学館の建設工事が始まりました（三浦綾子記念文学館開館20周年記念誌『こだわり、てづくり。三浦綾子記念文学館、市民と20年』参照）。

かくして98年６月13日、快晴の日、『氷点』

三浦綾子記念文学館完成祝賀会で　左は高野斗志美初代館長

の舞台となった旭川市神楽（かぐら）の外国樹種見本林内に三浦綾子記念文学館がオープンしました。開館セレモニーには、三浦夫妻をはじめ関係者約４００人が出席し、開館を喜び合いました。このセレモニーに、綾子さんは光世さんと秘書の八柳洋子さんに支えられて出席されました。文学館オープンを前にして、北海道新聞の取材に対して次のように感想を語っています。

自分の名前がついた文学館が作られることに、当初は、はばかる気持ちもありましたが、今は感謝以外に言葉もありません。ともあれ訪れた人が、深い懐かしさを抱いてくれる文学館であってほしいと願っています。ボランティアと来館者が『また来てねー』『また来るよー』と、気軽に声を掛け合えるような、そんな人間同士の触れ合いを大切にする場所となってくれることを…。〔北海道新聞〔98年6月12日付〕より〕

文学館は、「ひかりと愛といのち」をメインテーマとして『『氷点』の世界」など5つの展示室が設けられています。一般市民や有志からの寄付などを主体に、総工費約3億円を集め建設された、全国でも珍しい「民立民営」の文学館です。初代館長には、文芸評論家で旭川大学教授であった高野斗志美氏が就任されました。高野氏は、この当時はまだキリスト者ではありませんでしたが、三浦文学について非常に深い洞察を持ち、共鳴を覚えている文芸評論家でした。三浦夫妻とも親しい交流を持ち続けておられました。文学館の具体的構想についても、想像を超えるほど尽力された方でした。その高野氏は、三浦文学について次のように指摘しています。

この作家ほど名前がひろく知られ親しまれたひとはそういない。出版部数は4千万部におよぶのである。だが、文学界はこれまで、いささか三浦綾子を等閑視して来たというきらいがある。このひとの書くものを文学の名では呼ぶことにためらうというような空気がどことなくあったと思うのである。もちろん、他方ではいやおうなく、きわめて多くの読者を三浦（文学）が獲得している事実をよく承知した上でのことではあろう。このことは、逆にいえば、三浦文学が文学界では特別なあつかいを受けていたということである。つまり、三浦綾子の作品世界は、この意味で、一般に考えられているような文学の通念からはみ出していて、それにつつみきれない異質な部分を多く持っているということなのである。

三浦綾子はプロテスタントであり、キリスト者のひとりとして文学をとおして伝道の仕事にあたると公言していた作家である。この作家にとっては信仰生活が第一義であり、それを抜きにした作家生活というものは考えられなかったのである。このとき、三浦綾子はいち早く、宗教と文学の関係という構図から脱出している。いいかえれば、この構図のなかで争われる「文学とは何か」という計略から解放されているのである。これは、文学の否定ではない。拒否でもない。むしろ、このひとにとっては、積極的な文学の肯定なのである。伝道の文学というかぎり、この作家は、文学の理念を明快に示し、そのことで「文学とは何か」に答えている。なぜなら、三浦綾子にとって文学は、神によって用いられることの証しにほかならなかったからである。

三浦文学は、キリスト教文学であるが、多数の非キリスト者にひろく読まれている。旭川から発信されるこの作家のメッセージは、信仰の有無をこえて愛読されているのである。

（高野斗志美著『評伝三浦綾子—ある魂の軌跡』〔旭川叢書第27巻〕3〜7ページより抜粋）

文学館の館長を、98年の開館から2002年まで約5年間務めた高野氏は後日、臨終の床で、日本基督教団豊岡教会（当時）の久世そらち牧師から、光世さんと、三浦綾子記念文化財団副理事長の後藤憲太郎氏の立会いの下で病床洗礼を受け、02年7月9日に召されました。

私はその知らせを聞いて、三浦文学を深く理解し共鳴していた高野氏の、当然で自然な信仰告白と病床洗礼であったと受け止めました。

文学館は18年に開館20周年を迎えました。開館以来の入館者数は約54万人(17年末まで)に上ります。20周年を記念して文学館の隣には、三浦夫妻の書斎を復元した分館もオープンしました。

文学館2階にある図書室のテーブルには「想い出ノート」が置かれており、入館者が思い思いに感想を記しています。そのノートを読むと、入館された方々の熱い思いが伝わってきます。

「神戸から来ました。中学生で『氷点』を読んで以来、どれだけのなぐさめと励ましを受けてきたか分かりません。朝一番に来館でき、静かに見ることができ本当に来て良かったと思います。ありがとうございました。子どもたちを連れてくることができて何よりの感謝です。また、あらためて読み返し、味わっていきたいです」

「心がつらくなったときに思い出すのはいつもこの旭川の文学館です。今日もやさしい空気に包まれ、だきしめられている感じがします。綾子先生の『大丈夫』という声が聞こえてきます。自分の中で気持ちを浄化していくのに時間がかかります。そんな時、思い出す言葉は『神様は負えないほどの荷物は決して負わせてはいらっしゃらない』。綾子先生の言葉です。ひと時忘れていました。でも思い出したときに不思議と平安な心になったのです。『大丈夫。きっと大丈夫』と。冬の雪の中の見本林が大好きです。また来ます。千葉県」

その他多数の方々の感想がノートに記されており、綾子さんが召されて20年を経ても、三浦文学は今も数えきれない人々に生きる勇気と励ましを与え続けています。まさに「ひかりと愛といのち」を、生きることに疲れ苦闘している現代人に提供しています。

(7) 人々を魅了する小説『塩狩峠』

私は、1991年4月に千歳福音キリスト教会から旭川めぐみキリスト教会に転任しました。その教会の教会員が、旭川市から北約55キロ先の士別市に住んでいました。その士別市近辺に別の教会員2人も住んでいましたので、士別市の北嶋夫妻宅で月一度、家庭集会が開かれていました。初めてその家庭集会を訪れたとき、士別市の手前にある和寒（わっさむ）町の塩狩峠を夕刻通りました。

当時、峠への道は蛇行していて、とても寂しい峠という印象を受けました。その塩狩峠を通りながら、「ここが三浦綾子さんの『塩狩峠』で描かれている長野青年の殉職した現場だ！」と深い感動に浸ったことを忘れることができません。JR塩狩峠駅は無人駅で、周辺には何もなく静寂が支配する世界です。北嶋夫妻が帯広へ引っ越すまでの約2年間、毎月1回塩狩峠を車で通過したことを懐かしく思い出します。

1909（明治42）年、この峠で当時国鉄職員だった長野政雄さんは、客車の逆走を止

下川省三ご夫妻と（2008年5月）

めようと自らの体をレール上に投げ出し、乗客の命を救いました。綾子さんは、その長野さんが旭川六条教会の大先輩であったことを知り、大いに感動しました。そのことを綾子さんに教えてくれたのは、長野さん直属の部下・藤原栄吉さんでした。

長野さんの実話を基にした綾子さんの小説『塩狩峠』は、1966年4月から2年半にわたり、キリスト教月刊誌「信徒の友」に連載されました。綾子さんのデビュー作『氷点』が、朝日新聞で連載（64年12月9日~65年11月14日）されている終わり頃に、「信徒の友」編集長で文芸評論家の佐古純一郎氏が、旭川の綾子さん宅を訪れ、依頼したことで生まれた作品でした。

綾子さんは、『塩狩峠』連載の前に「信徒の友」（66年3月号）で以下のように語っています。

『塩狩峠』の主人公には原型がある。一昨年、私たちの教会の81歳になられる藤原栄吉さん宅を訪問し、その信仰の手記を拝見させていただいた。その中で、若き日の藤原さんを信仰に導いた長野政雄さんという方の一生を私は知った。長野さんの信仰のすばらしさに私は声もでないほどの強い感動を受けた。

しかし、あらかじめ、はっきりとお断り申し上げたいのは、長野政雄さんは、あくまで原型であって、この小説の主人公その人でないということである。（中略）この小説が終わった時、読者のひとりびとりの胸の中に、この主人公が、いつまでもいつまでも生き続けてほしいと願っている。

このようにして「信徒の友」に連載された『塩狩峠』が、やがて新潮社から単行本になって出版されると、大変な反響を呼びました。さらに松竹とワールドワイド映画で映画化（中野誠也・佐藤オリエ出演）され、数多くの観客が押し寄せ話題となりました。

この『塩狩峠』連載のきっかけを作った「信徒の友」編集長の佐古氏は、自著『三浦綾子のこころ』（朝文社、１９８９年）で次のように書いています。

その『塩狩峠』の発行部数は、現在おそらく2百万部を超えていると思います。私はこれは大変なことだと思います。これだけキリスト教徒の本質というべき愛、アガペーといってい い愛を大胆に書いた小説が、新潮社という、日本の文芸出版で最も代表的な出版社から出版され、2百万の読者を持ち続けて、まだ今もずっと再版が続いております。これは、私は奇跡的な文学的事件だと思います。

皆さん、『塩狩峠』という小説は、やっぱり私は現代には珍しい小説だと思います。しかも、こういう小説が2百万もの人に読まれるということは、現代に生きる人間の心の中に、そういう渇き、飢えがあるからじゃないかしら。それは、非常に私は大事だと思う。三浦さんの文学が読まれるということは、やっぱり今の時代、今の社会の中で要求されるものがあるからだと思います。（71ページ、87〜88ページ）

1989年時点で200万部とありましたが、現在では370万部を超えています。無人の塩狩峠駅に置かれたノートには、小説を読み感銘を受けた全国のファンが、各人の感想を自由に記しています。

「遠かった。駅に降り立った瞬間、涙が出ました」

「長野さん、心のいやしをありがとう」

『塩狩峠』を読み激しく感動を受けた読者たちが、小説の舞台である塩狩峠の駅に降り立ち、小説のモデルとなった長野さんに語り掛けています。以前、地元紙に「塩狩峠は、若者たちの聖地になっている」と報じられたこともありました。

小郡キリスト教会（福岡県小郡市）の故下川省三牧師は生前、塩狩峠の映画フィルムと映写機を車に乗せて、九州全県各地を１００カ所以上巡る映画会を開いたそうです。末期の血液のがんで余命1カ月と宣告された下川牧師は２００８年2月、ご家族で旭川の三浦綾子記念文学館を訪れました。病状が奇跡的に安定し、5月に夫人と共に再び旭川に来られましたので、長野さんの墓や塩狩峠に車で案内させていただきました。「自分の人生の最期に、あの塩狩峠にもう一度行きたい」。下川牧師の切なる願いであったことを覚えます。病状が悪化した11月に「もう一度、旭川に行きたい」と願われて、旭川を訪れてくださいました。この時は体調が悪く、滞在中ずっとホテルで休んでおられましたが、「旭川に来られただけでもうれしい」と感謝されていました。年が明け09年2月11日、下川牧師は67歳で召されました。下川牧師と召される前に1年間、主にある豊かな交流が与えられたことを感謝しています。

綾子さんが『塩狩峠』連載前に語った言葉、「この小説が終わった時、読者ひとりびとりの胸の中に、この主人公が、いつまでもいつまでも生き続けてほしいと願っている」。末期のがんで死を前にした下川牧師の心に、『塩狩峠』の主人公・永野信夫のモデルである長野政雄さんが、いつまでも生き続けていたことをあらためて覚えます。

「真っ白な雪の上に、鮮血が飛び散り、信夫の体は血にまみれていた」、去年も今年も、そうして明年の冬も、塩狩峠を旅する人々は、純白の雪一色の塩狩峠に、飛び散っている犠牲の鮮血を見るであろう。『塩狩峠』というこの作品が、長野政雄の犠牲の死を、そのように人々の心によみがえらせてくれたのである。（『塩狩峠』〔新潮文庫〕佐古純一郎の解説より）

小説『塩狩峠』は、発刊から50年を経ても、読む者の心を魅了してやむことはありません。

（8）八柳秘書の死と塩狩峠記念館の完成

私は、本稿の3回目に「旧宅解体と保存運動の渦の中から」について書きました。三浦夫妻から教会に寄贈された旧宅をめぐって、私も教会も「思いがけない渦」の中に巻き込まれ、複雑な日々を余儀なくさせられました。しかし、この旧宅騒動をきっかけに「旭川に三浦文学館を！」という機運が一気に高まり、ついに1998年6月13日、待望の「三浦綾子記念文学館」が完成し、関係者は喜びに沸きました。創世記1章2、3節の聖句を思い起こします。

「地は茫漠（ぼうばく）として何もなかった。やみが大水の上にあり、神の霊が水の上を動いていた。神は仰せられた。『光があれ。』すると光があった」と。主なる神は、混沌とした渦の中から、素晴らしい文学館完成へと導いてくださいました。

一方、復元することを前提に解体された旧宅は、保存はされていましたが三浦綾子記念文学館では復元計画がないことから、保存運動に関わった人たちは、復元の適当な場所探

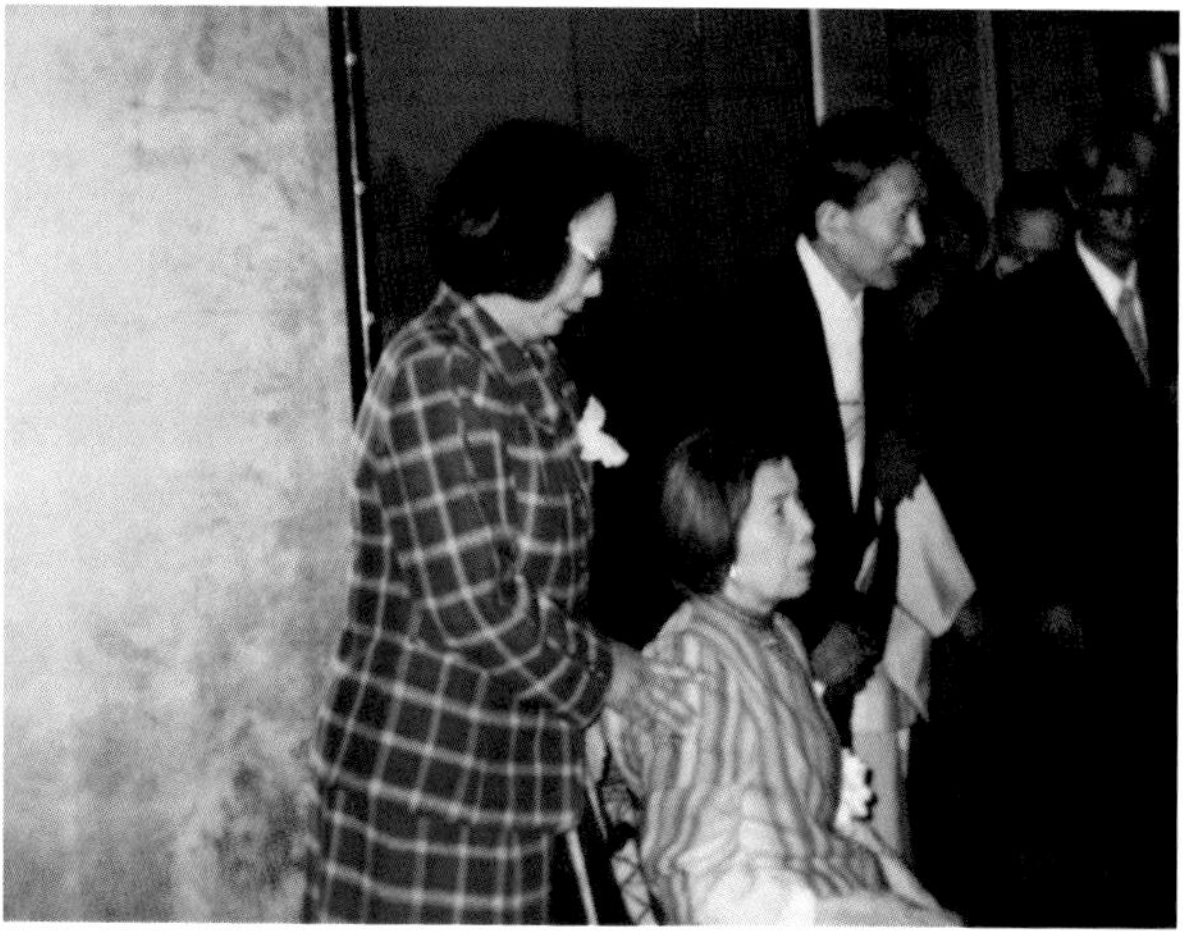

いつも綾子さんに寄り添っておられた八柳秘書

しに苦闘していました。そのような中で、小説『塩狩峠』の舞台である和寒（わっさむ）町が、開拓100年記念事業の一環として、何と旧宅復元を決定しました。名称は「塩狩峠記念館」。復元場所はJR塩狩駅近くで、復元した旧宅と、多目的ホールを備えたコミュニティー施設を組み合わせた形で建設に取り掛かりました。何という主の大きな御業かと感嘆します。

「神のなさることは、すべて時にかなって美しい。神はまた、人の心に永遠を与えられた。しかし人は、神が行われるみわざを、初めから終わりまで見きわめることができない」（伝道者3：11）

さて、この塩狩峠記念館完成直前の99年3月に、三浦夫妻は大きな悲しみに襲われました。それは、26年余りの長きにわたって三浦夫妻の片腕として支えてこられた2代目秘書の八柳洋子さんが、肺がんのため55歳で召されたからです。八柳さんは元看護師で、秘書の話があったとき、最初は無理だと断ったようでした。しかし八柳さんが「秘書をやってみたい」と強く願ったので、ご主人の務さんが「愚痴を言うな。三浦夫妻とのことを他言するな」という条件で秘書になることを許したと聞きました。

71年から98年（途中中断の時期あり）まで、八柳さんは実に献身的に秘書を務められました。特に三浦綾子記念文学館が建てられた当初は、秘書として超多忙な毎日を送っていました。しかし98年7月、三浦家の近くに検診車が来て診てもらったところ、すでに手遅れの肺がんであることが分かりました。ご主人から末期のがんであることを知らされた八柳さんは、その告知を静かに受け止め、旭川六条教会の月報に次のように寄稿されました。

神様からの贈物

今年の誕生日に、神さまから思いがけず「がん」という大きなプレゼントを頂きました。8月3日の夕方、夫より私の病気のことを聞かされました。現在の「がん」の進行状態のこと、今後の治療のこと等すべて私に告げてくれましたが、聞く私は不思議なくらい冷静にすべてを受け容れることができました。話す夫は本当に辛そうでした。そして心から夫に「本当のことを言ってくれてありがとう。今まで辛い思いをさせてごめんなさいね」とお礼を言うことができました。

（中略）私の55年間の人生を振り返ってみますと、実に幸せな日々でした。よき家族に恵まれ、よき夫に出会うことができ、すばらしい職場が与えられ、旭川六条教会に導かれ沢山のよき信仰の友を与えられ、何より幸いでしたのは、すばらしい川谷（かわたに）先生と芳賀（しが）先生のお二人の牧師先生のご指導のもとで信仰生活をつづけさせて頂いたことは、私の人生にとりまして実に幸せなことでした。

私は罪深く、心弱く、おく病者ですが、神さまは「弱い時こそ強くして下さる」とお約束して下さっておられます。今、私はこの御言を実感しております。又、私は「がん」という病を得たことにより、より一層、神さまのご臨在を強く感ずることができましたことは大きな恵みです。

（中略）これからの一日々々は私にとって大切な時間です。充実した日々をすごしたく思いますが、これからどんな苦しい思いに直面するかわかりません。フィリピの信徒への手紙1章29〜30節にありますように、「キリストを信じることだけでなく、キリストのために苦しむことも、恵みとして与えられているのです…」（新共同訳）今からこの御言をしっかり胸に貯えてどんな苦しい時にでも、神さまからの贈物として受けとめて戦うことができればと祈っております。そして、よい思い出を沢山残して、与えられた命を全うさせていただきたく思います。私のためにひきつづき、ご加祷、ご声援頂ければ幸いに存じます。

この寄稿文は、末期のがんを告知されてすぐの98年9月ごろに書かれたものです。突然のがん告知を「神様からの贈物」と、毅然（きぜん）と受け止めた八柳さんの信仰に、内心驚嘆させられます。八柳さんは控えめな方で、誠心誠意、三浦夫妻の秘書として仕えられました。全国各地から三浦宅に届けられる果物、菓子などを「おすそ分けです」と、笑顔で教会に幾度も届けてくださったことを懐かしく思い出します。

八柳さんは食事療法や民間療法を取り入れつつ、11月初めまで週3回三浦家を訪れ、秘書としての働きを続けられました。一方、八柳夫妻には子どもがいなかったため、自分が召された後一人残されるご主人のために、ご飯の炊き方やおかずの作り方を教え、身の回りのすべてを整理し、99年3月1日、旭川市立病院で召されました。自宅に戻った八柳さんの遺体を前に、綾子さんは顔を幾度もなでながら「洋子さん、きれいな顔だよ」と言い涙を流されました。三浦夫妻にとって、八柳さんは家族の一員そのものでした。後日、光世さんは『死ぬという大切な仕事』（光文社）で、八柳さんの死を「秘書の見事な死」と表現されました。

八柳さんは亡くなる前、自分が亡くなった後の三浦夫妻を案じ、初代秘書の宮嶋裕子さん（茨城県在住）に連絡されていました。「裕子さん、綾子さんたちを助けに来てくれない。あなたならあの2人を助けてあげられるわ」と。八柳さんが召された3月、宮嶋さんは旭川の三浦家を訪ね、以来時間を見つけては三浦夫妻の手伝いのために幾度も遠路を通い続けました。

綾子さんにとって、八柳さんの死は非常に大きな悲しみと衝撃で、しばらく体調もすぐれませんでしたが、それから2カ月後の5月1日、快晴の下、塩狩峠記念館がオープンしました。開館に先立って4月30日に記念式典が行われ、三浦夫妻も出席。和寒町長と共にテープカットし、開館を祝いました。綾子さんの召される半年前のことでした。

旧宅解体騒動をきっかけに、三浦綾子記念文学館と塩狩峠記念館の2つが、綾子さん健在時に完成したことは、主の大きな憐（あわ）れみであり、主の御業と言わなければなりません。塩狩峠記念館の入り口の掲示板には、光世さんの筆字で次の聖句が掲げられています。

「一粒の麦、地に落ちて死なずば、唯一つにて在らん、もし死なば多くの果を結ぶべし」

まさに塩狩峠で一粒の麦として死なれた長野政雄さんの生涯は、綾子さんの小説『塩狩峠』でよみがえり、多くの人々への証しとなり、今も多くの実を結び続けています。

(9) 三浦綾子さんの晩年の祈り

私が旭川に転任したとき、三浦綾子さんは69歳、夫の光世さんは67歳でした。綾子さんは、肺結核をはじめ、直腸がんや帯状疱疹(ほうしん)などの病気にかかり、絶えず闘病生活を強いられ、病気の問屋とも言われていました。しかし、夫・光世さんの口述筆記による助けや、元看護師である八柳洋子秘書の助けにより、老年期を迎えても執筆活動を続けることができました。私が綾子さんに初めてお会いした翌年の1992年1月末、綾子さんはさらに難病のパーキンソン病と診断されました。このことは、綾子さんの老年期における最も厳しい闘病生活に入ることを意味していました。

医学辞典によると、パーキンソン病の症状について次のように説明しています。

「最も目立つのはふるえと運動障害で、じっとしている時の手足のふるえ、動作緩慢とぎこちなさ、歩きはじめの足のすくみ、止まろうとしても止まれない、転びやすい。声が小さく聞き取りにくい。表情がかたい。自立神経障害として便秘、起立性低血圧、排尿困難や失禁が起こることがある。性格はせっかちな傾向が見られ、うつ気分もでてくる」

ともかく大変な難病で、綾子さんの場合、薬の副作用で幻聴幻覚にひどく悩まされたと聞きました。本来、明るく積極的な性格の綾子さんにとって、パーキンソン病による闘病生活は非常につらく苦しいものであったことでしょう。しかし、このような大きな試練の中でも、作家生活30周年の94年3月末に、最

札幌南福音キリスト教会員の訪問（綾子さん緊急入院の直前）
1999・6・26

後の長編小説『銃口』が小学館より刊行されました。なぜ、過酷な病状の中で、この最後の小説を執筆したのでしょうか。

88年秋ごろ、小学館の月刊PR誌「本の窓」編集長の眞杉（ますぎ）章氏が三浦宅を来訪しました。綾子さんは「昭和を背景に神と人間を書いてほしい」と連載小説の依頼を受けたのです。ちょうど昭和が終わり、平成へと時代が移り変わろうとしている時期で、戦争体験者である綾子さんは、その時代の変化を敏感に感じ取っていました。「これからの時代、油断すると日本は戦前回帰を求め、再び言論が封殺され、戦争の時代に突入するかもしれない」という危機意識であったようです。

連載を承諾し資料を少しずつ集め始めましたが、パーキンソン病の恐ろしい症状〈朝起き上がろうとしても足が立たない、体重の減少、手の震え、足のもつれ、寝汗〉が出始めていました。

このような厳しい状況下でも、熱烈な元軍国主義教師であった綾子さんは、深い懺悔（ざんげ）と遺言的警告を込め、『銃口』を祈りつつ書き続け、それは「本の窓」の90年1月号から93年8月号まで37回にわたって連載されました。

この『銃口』について、文芸評論家で旭川大学教授の高野斗志美氏は、実に的確な解説をされています。

この長編小説が明らかにしようとしているのは、昭和の基底にひそむ戦争の意味についてである。三浦綾子という作家は一貫して平和の尊さを主張しているひとだが、『銃口』を書きあげることで、昭和と戦争の関係を現在の時点であらためて問い直す仕事をなしとげたのである。

（中略）三浦綾子さんは抜群のストーリーテラーの力量をかたむけて北森竜太の波乱に満ちた人生を描きあげた。そのことによって『昭和とはなんであったのか』を鮮烈に問いかけた。戦争の記憶を風化を許さぬものとして現在に呼びもどした。

それはまた、ひとりの人間として、ひとりのキリスト者として、そしてひとりの作家として、深い責任感にうながされて、国家権力と民衆の関係を問いかけ明らかにすることであった。この作品によってついに〈石ころ〉は鮮烈な叫びをひびかせた。三浦文学のすぐれた記念碑である。（小学館文庫『銃口』解説より）。

三浦綾子研究で知られる黒古一夫氏は、自著『三浦綾子論』（小学館）で、以下のように記しています。

三浦綾子の作品を読んでいて気付かされるのは、彼女が持続的に先の戦争が人々の心に遺した傷の在り様を問いつづける、その真摯（しんし）な態度についてである。（中略）更に言葉を継げば、人間性の剥奪という点で他に類例を見ない戦争に対して、三浦綾子は人間の側から何度でも繰り返しとらえ直さなければならない、と考えていたのではないか。戦争が徹底的に傷つけてしまった人間の心に対して、果たしてそれはどのように癒すことができるのか。あるいは、戦時下において人間としての尊厳は守られていたのか。三浦綾子の関心は、もっぱらこの2点に絞られていた、と言っていいだろう。

（中略）そして、戦争は「理不尽な死」を強いることによって、何よりも人間の心をその深いところで傷つける。この認識がまた三浦綾子に戦争を主題とする小説を書かせている、とも言える。人間の存在をかけがえもなく大切なものだと考えている三浦綾子らしい姿勢と言えるだろう。（第3部「『戦争』と『歴史』、第1章「戦争」を最大の悪として」より）

晩年の綾子さんの切なる祈りは、非戦と平和でした。戦争と平和に関する言葉を三浦作品からピックアップしてみます。
「わたしたち人間は、人を殺すためにも殺されるためにも生まれてきたのではない。神を信じ、人を愛するために生まれて来た。」(『それでも明日は来る』)
「戦争の恐ろしさは数々ある。その中でも最も恐ろしいのは、人間が人間性を失うことだと私は思う。人間に生まれて来た以上、私たちは人間として生き、人間として死んで行く権利がある。」(『わが青春に出会った本』)
「7年前には見えなかったものが、今はっきり見えるのだ。「無駄な戦争で死んで行く」わたしはこの言葉を再び読み、3度見つめた。わたしもまた「無駄な戦争」に青春の情熱をかけて過ごしたのだ。」(『石ころのうた』)
「小説を書くことよりも、もっと切実に、4、6時中思っていること、それは平和の問題である。」(『それでも明日は来る』)
「もし、わが子わが夫を死なせたくないという親や妻を非難するとしたら、全国民を非難しなければならなくなる。誰も死ぬのは厭(いや)なのです。殺されることも殺すことも厭だと思っているのに、一体誰が戦争にかり立てるのか。」(『さまざまな愛のかたち』)
「わたしは戦争とは、人権無視、人格無視、国民の意見を踏みにじる、恐るべき国家権力の一つの姿だと思いますね。国家権力が、武力を持っているからこそ戦争は起きるわけですよ。敵を武力によって攻撃する前に、先ず自国民を武力によって黙らせる！　これが戦争の先がけであります。国民の口を封じておいて無理矢理戦争に突入する。このことをあなたがたは今、ここにしっかりと銘記して頂きたい。」（『青い棘』）

日本の将来を真剣に心配し、平和を祈り求めていた綾子さんでしたが、病状は日ごとに悪化し続けていました。99年7月14日の夕方、容体が急変し救急車で自宅近くの進藤病院に入院することになりました。個室には、脚部を折りたたむことのできる低くて狭い寝台があり、光世さんも夜泊まることができました。一進一退の状況でしたが、次第に体調が安定し、8月9日、旭川医科大学に近い高台にある旭川リハビリテーション病院に転院しました。三浦宅から車で10分くらいの近距離にある病院です。綾子さんの入院中、光世さんは、日中は自宅で仕事をし、夜は個室に泊まって綾子さんの介護をし続けました。茨城からは、宮嶋裕子初代秘書が光世さんの手伝いのために幾度も三浦宅を訪れていました。秋を迎え、綾子さんの最後の時が一刻一刻と近づいていきました。

(10) 三浦綾子さんの死の衝撃

1999年7月に容体が急変した三浦綾子さんは、旭川リハビリテーション病院に転院後、8月下旬から9月にかけて体調が安定してきました。ところが9月5日朝、容体が悪化し、看護師が駆け付けると心肺停止の状態でした。直ちに当直医、他の看護師たちが駆け付けて応急処置を施し、心臓マッサージによって30分後には心臓が動き出しました。しかし呼吸は戻らず、人工呼吸器が取り付けられ、意識もなかったため、医師はすぐに身内を呼ぶようにと告げました。このような状態になると、数日の命といわれるようですが、何と綾子さんは、この後38日間も命が守られました。

この間、異常低血圧、腎不全の症状、肝機能障害、肺炎にもなりましたが、幾度も奇跡的に回復しました。主治医の丸山純一院長はつくづく感嘆して、光世さんにこう言われたとのことです。「意識不明で、しかも点滴だけの栄養で、こういうことはまずあり得ないことです。綾子さんの上には何が起こるか、人間である医者の私には、まったく予測できません。予測できるのは、神のみです」と。

光世さんは、自著『妻　三浦綾子と生きた四十年』(海竜社)で次のように回顧しています。

綾子は数年前より、「わたしには、まだ死ぬという仕事が残っている」と言っていた。死の近いことを覚悟していたのかも知れない。何も書けなくなったが、死ぬ時もまた人様に少しでも感動をもたらし、希望の灯を掲げたいと思っていたようである。おそらくそうした祈りを、人知れず捧げつづけていたのであろう。こうして１９９９年10月12日、綾子は77年の生涯を閉じた。多臓器不全という診断であった。どの臓器も、完全に動かぬほどに使い切ったということでもあろうか。…

モニターに現はるる搏動（はくどう）刻々に弱まりてああ妻が死にゆく

最後の危篤状態の時は私は綾子の傍につい

旭川市街から大雪山連峰が眺望できる

て、その最後を見守った。ベッドの横にモニターが備えられ、脈搏の動きが映し出されていた。その搏動が刻々に弱くなっていくのが切なかった。やがて、医師は命の終りを告げた。午後5時39分であった。人間の感覚は、聴覚が最後まで動くと聞いている。私はそれを思い、遺体に向かって幾度も言葉をかけた。

「綾子、いい仕事をしてくれたね」

「綾子、わたしのような者に、よく仕えてくれたね」

「では、また会うまで。さようなら」

月並みな言葉だったが、きっと耳に入ったことだろう。

気管閉塞の苦悶（くもん）訴ふる術もなくテーブルにただに面（おも）伏せゐしか

三浦綾子という作家は、生前から自分の死をしっかりと見据えて生きていました。そのことを示す言葉（死生観）を三浦作品から幾つかピックアップしてみます。

「どんなに丈夫な人でも、どんなに裕福な人でも、どんなに頭のよい人でも、どんなに幸せな人でも必ず死ぬ。その死は、人間にとって、それこそ、最後の「義（ただ）し努（つとめ）」なのだ。80になり90になって、この世に充分功績を残したからといって「もう何もすることはない」という人はいない。もう一つ「死ぬ」という、栄光ある仕事が待っている。」（『北国日記』）

「癌（がん）に罹（かか）った者だけが死ぬわけではない。脳溢血（のういっけつ）でも、交通事故でも、自殺でも戦争でも人は死ぬ。もし癌だとしても、癌患者だけが死ぬというような、甘ったれな考えは捨てよう。」（『それでも明日は来る』）

「毎日毎日、私は今日は命日だと思うと申し上げました。でも、いざ死ぬときどうなるか分かりません。ああ死にたくない、助けてくれって大騒ぎするかもしれませんよ。私は弱虫だから何べんも何べんも死ぬということを考えて、死ぬ練習を考えたりしているのかもしれません。死ぬということを考えることは、本当に生きることだというふうに思います。」（『キリスト教・祈りのかたち』）

綾子さんの召された日の午後、私は旭川市永山方面に家内と家庭訪問に出掛けていました。その途中、永山の公園でナナカマドの実が赤く染まっていたのを印象深く覚えています。教会に戻って夕方、「三浦綾子死去」という速報を耳にし、ご遺体が自宅に戻った後、三浦宅に弔問に出掛けました。三浦綾子記念文学館の高野斗志美館長や、三浦綾子記念文化財団の後藤憲太郎副理事長、また五十嵐広三元官房長官ら、綾子さんと関わりのある方々が既に集っておられ、騒然としていました。私は、光世さんに短く哀悼の気持ちを伝え、ご遺体の前で短く祈りすぐに失礼しました。

病弱の身で緊急入院して以来、関係者皆がどこかで綾子さんの死を覚悟していたとはいえ、実際に死の現実を前にして誰もが深い悲しみに包まれました。綾子さんの死は、地元旭川はもちろんのこと、全道、全国に大きな衝撃を与えました。特に北海道では、郷土が生んだこの作家の死を惜しんで、新聞は号外や特集記事を出し、テレビも特番などで大々的に取り上げました。

高野館長は「私たちの時代は、人間への限りない優しさによって魂の深い奥行きを生み出すことのできた、このようにも純粋な作家を再び持つことはあるまい、とさえ思う」と哀悼の意を表しました。

北海道新聞（99年10月13日付）には、札幌在住の道産子作家で、三浦夫妻と親交のあった小檜山博氏の寄稿文「やさしさを教わった」が掲載されました。この寄稿文は、多くの道民の率直な気持ちを良く代弁していますので引用させていただきます。

三浦綾子さんが亡くなった。晩秋の早い陽が山に沈んだ時、書斎でその報（しら）せを

聞き、三浦綾子が死んだ、とつぶやくと、それが体の中で反響し、何かとてつもなく暗く深い穴に閉じ込められたような気分に陥った。（中略）7年ほど前、ぼくが旭川で講演した折り、三浦ご夫妻が聞きにこられて慌てた。ぼくがいくら必死になって、帰ってください、と頼んでも二人は笑って席を立たなかった。講演の間じゅう、ぼくは脂汗を流し続けた。

講演のあとぼくの著書のサイン会があり、途中、3種類の本を差し出されて顔を上げると三浦ご夫妻だった。まだ帰らないでいたのだ。ぼくは立つと『買わないでください、あとで送ります』と言った。だが綾子さんは『ほら早くしないと後ろに並んでますよ』と笑うだけだった。ぼくはしかたなく署名した。だが、やがてぼくは気づいた。綾子さんが買ってくれた3冊ともちゃんとサインして贈呈してあったのだ。

体調が悪いのにぼくなどの講演にきてくれたのも、聴衆が少なくては気の毒との気づかいからで、すでに持っている本をまた買ってくれたのも、ぼくの本を買う人が少なくては可哀想だとの心くばりに違いないのだった。あのときぼくは、人間のやさしさとは何かを教わった気がする。（中略）この先、三浦綾子さんのいない北海道は、いかにも寂しい。しかし宇宙に帰って行った彼女の残してくれた、やさしさと思いやりという大いなる遺産をかかえて、ぼくらは明日に向かおうと思う。ありがとう、三浦綾子さん。

綾子さんが残してくれた優しさと思いやりについて考えてみました。特に綾子さんは、牧師という働きを非常に大切に考え、祈りと共に私のような未熟な牧師に対しても実に丁寧に接してくださいました。働きを覚えて祈ってくださるのはもちろんこと、赴任して間もなく、私たち家族を市内のすき焼き店に招待してくださったり、毎年クリスマスの時期に特別なクリスマスプレゼントを届けてくださったことを懐かしく思い出します。

綾子さんは私に対してだけではなく、市内外のどの牧師たちに対しても、いつも励ましとねぎらいの言葉を掛け、具体的な愛を示し続けられました。伝道や牧会の最前線で苦闘している牧師たちにとって、そのような愛の心遣いに、どれだけ励まされ、慰められたか分かりません。

北海道は旭川で生まれ育ち、作家活動を終生続けた綾子さんは、その旭川で77歳の生涯を終えました。しかし、この死から新たなドラマが展開していくことを、この時はまだ誰も想像できませんでした。

(11) 綾子さんを支え続けた光世さんの悲しみ

三浦綾子さんが召された後、その死を悼む各界からの声が北海道新聞(1999年10月13日付)に掲載されました。

綾子さんが大ファンだった映画「男はつらいよ」シリーズの山田洋次監督は、綾子さんが召された年の6月に開かれた三浦綾子記念文学館1周年記念講演会で、綾子さんに「小説を書かなくとも生きていてくださるだけで値打ちがある。まじめに物事を考えている日本人のために長生きを」と声を掛けたエピソードを交えて語られていました。

将棋の羽生善治四冠(当時)は、三浦夫妻の人生に感銘を受けた一人で、旭川で将棋のイベントがあったときに夫妻に対面。「ご夫婦でいたわり合う雰囲気が、力を合わせて歩んでこられた人生を感じさせ、素晴らしいなと感動しました」と述べています。

同じ北海道出身の女流作家、原田康子さんは、「信仰の人、信念の人であり、尊敬する方を失った。弱いお体なのに、本当にバイタリティーにあふれ文学世界を築かれました」と。

長年親交があった元旭川市長で元官房長官の五十嵐広三さんは、「心の支えがなくなったような気持ちです。随分長い間、病気と闘ってこられ、何度も駄目だという中、奇跡を生むような形で、頑張ってこられました。本当に頑張って頑張って、みんなのために尽くしていただいた。そのことを感謝したい」と悼みました。

綾子さん死去のニュースは、道内外の主要新聞がトップ記事として大きく取り上げ、その文学的意義と業績、反響などを掲載しました。人生のどん底で自殺も考えていた15歳の時、綾子さんの小説『病めるときも』を読んで救われたというのは、中岡修身さん（地方公務員・41歳＝当時）。「私は三浦さんの作品から、人間にとって一番大切なのは『いかに生きるか』であると教えられた。今日という日にはだれもが素人であるが、失敗を恐れず前向きに生きなさいと。三浦さんが神の元に

召されはしても、私の心の中には、いつまでも生き続けるだろう」と投稿されました（北海道新聞99年10月16日付「読者の声」より）。

　綾子さんの死は、関係者をはじめ、多くの三浦文学ファンに大きな悲しみをもたらしましたが、最も深い悲しみを体験されたのは、綾子さんと40年間共に歩み、口述筆記をして三浦文学を背後で支え続けた夫の光世さんでした。

　光世さんが綾子さんと初めて出会ったのは、55年6月18日のことでした。札幌の菅原豊さんからはがきが届き、まだ旧姓の堀田であった綾子さんを見舞ってほしいと依頼されたのでした。菅原さんは、キリスト者の交流誌「いちじく」を発行しており、光世さんはその会員でした。当時、綾子さんは、肺結核と脊椎カリエスでギプスベッドに釘付けされ、自宅で療養9年目を迎えていました。これは後日分かったことですが、菅原さんは最初、光世さんを女性だと勘違いして見舞いを依頼したのでした。

　光世さんは、しばらくためらっていましたが、初めて訪問したとき、綾子さんはギプスベッドに入って3年目、1年前には、綾子さんをキリストに導いた前川正さんを天に送り、失意と悲しみのどん底にありました。綾子さんは、初対面の光世さんを一目見て、亡き前川さんとあまりに似ていることに驚きました。その表情一つ一つに「似ている、似ている」

と内心驚嘆し、かつ非常に清らかな印象を受けたと、『道ありき』に書いています。

光世さんは、3回目に訪問した同年8月24日、「神よ、私の命を堀田さんに上げてもよいですから、どうぞその御手をもって堀田さんをお癒やしください」と祈ったといいます。綾子さんは、この光世さんの祈りに驚愕（きょうがく）しました。

翌56年のある日、綾子さんは自作短歌を書き留めたノートを光世さんに手渡しました。光世さんは、綾子さんの前川さんへの挽歌（ばんか）に激しく心揺すぶられました。

妻の如く思ふと吾を抱きくれし君よ君よ還（かへ）り来よ天の国より
吾が髪と君の遺骨を入れてある桐の小箱を抱きて眠りぬ

以前に、腎臓結核の手術をして自身も病弱であった光世さんは、結婚というものに非常に懐疑的であり、新約聖書の第1コリント7章26～28節の聖句を短絡的に受け止め、「結婚すれば苦しみに遭う」と思い込んでいたようです。綾子さんには、病気が治ってほしいと切実に思っていたものの、結婚の対象としては考えていませんでした。一方、綾子さんは、前川さんと酷似している光世さんに、早い段階から好意を抱いていたようです。

ところがある日、光世さんは、綾子さんが亡くなる夢を見ます。愕然（がくぜん）として神に必死に祈りますと、「愛するか」という一つの言葉が脳裏に浮かびました。光世さんはこの一言で、自分に愛がないことを示され、もし綾子さんと共に生きていくのであれば、その愛を与えてほしいと切実に祈りました。これは、光世さんが綾子さんと結婚すると決断した瞬間でもありました。

その後、綾子さんは奇跡的に癒やされ、二人は59年5月24日、中嶋正昭牧師の司式で結婚式を挙げるに至りました。（三浦光世著『妻　三浦綾子と生きた四十年』より）

以来40年間、共に祈りつつ、苦楽を共にしてきた伴侶、綾子さんとの死別は、光世さんにとってあまりにも大きな悲しみでした。三浦夫妻は、本当に信仰によって結ばれた麗しい夫婦でした。二人が仲良く手を組んで町内を散歩している姿を幾度か目にしました。特に光世さんは、闘病中の綾子さんを献身的に介護されました。一方、綾子さんは、自分のような病弱な者を忍耐して待ち、妻として迎えてくれた光世さんに対して、終生、感謝と尊敬を忘れることはありませんでした。信仰の導き手として尊敬し、「光世さんは世界で一番の夫です」とよく口にされていました。

病弱で子どもがいなかった夫妻にとっては、互いがかけがえのない存在。それだけに最愛の伴侶を失った光世さんの悲しみは測り知れないものがありました。

葬儀は99年10月14日、旭川市神楽の旭川斎場で執り行われました。千人近い会葬者があり、私たち夫婦のすぐ斜め後ろにはドラマ「北の国から」などの脚本で有名な倉本聰さんも参列されていました。葬儀は、旭川六条教会の芳賀康祐（しが・やすすけ）牧師によって厳かに執り行われました。

葬儀が終了し、出棺の時に「また会う日まで」（讃美歌４０５番）が会葬者有志によって高らかに歌われたのが非常に印象的でした。

かみともにいまして
ゆく道をまもり
あめの御糧（みかて）もて
ちからをあたえませ
また会う日まで
また会う日まで
かみのまもり

汝（な）が身を離れざれ

光世さんは火葬場で遺体と別れるとき、「じゃあ、また会う日まで」と言葉を掛けました。召天1カ月後のインタビューでは、次のように語っています。

やはり自然の情として、悲しさ寂しさは何かにつけて波のように寄せ返してまいります。そのたびに神さまがいちばんよいことをしてくださったのだということを〜伝道者の書に「神のなされることは皆その時にかなって美しい」（3：11口語訳）とありますように〜感謝しなければならないと思い返しては努めて感謝のお祈りをしています。（中略）やはり、天国での再会が最大の希望です。使徒信条に『罪の赦（ゆる）し、身体（からだ）のよみがえり、永遠（とこしえ）の生命（いのち）を信ず』とあります。その「身体のよみがえり、永遠の生命」というものを、これまでもずいぶん思っていましたが、家内が逝ってからはさらにそのことを毎日のように思っています。胸に迫られるような感じで。（「百万人の福音」別冊「三浦綾子―じゃあ、また会う日までー」より）

最愛の綾子さんとの死別を経験し、深い悲しみの中にあった光世さんでしたが、やがて三浦文学を継承する中心的役割を担う器として表舞台に出なければならない超多忙の毎日が待っているのでした。

(12) 光世さん、75歳からの新出発

三浦綾子さんが77歳で召されたとき、夫の光世さんは75歳。現在では、後期高齢者の年齢ですが、光世さんの新しい歩みは75歳から始まりました。あの信仰の父アブラム（アブラハム）が、神の声に従い生まれ故郷を離れたのと同じ年齢です。「アブラムは主がお告げになったとおりに出かけた。ロトも彼といっしょに出かけた。アブラムがハランを出たときは、75歳であった」（創世記12：4）

綾子さんの死が大々的に報道されたこともあり、三浦文学に大きな関心が集まり、翌年の三浦文学ツアーには全国から多くの参加者がありました。ツアーは、三浦綾子記念文学館や綾子さんゆかりの場所を見学し、旭川めぐみキリスト教会を会場に光世さんのミニ講

演と交流の時を持つという内容でしたが、参加者たちには大好評でした。光世さんの自宅が、会場の教会まで徒歩約2分という利便性もありました。このような三浦文学ツアーが毎年何回も実施され、さらに全国から光世さんに講演依頼が殺到しました。光世さんは、初代秘書の宮嶋裕子さんの助けを得て、全国各地に出掛けて講演されました。綾子さんの死後に出版された本は、光世さん、綾子さん、それぞれのものに共著を含めると10冊を超えました。

綾子さんが亡くなった後、光世さんが直ぐに書いたのは光文社から出版された『死ぬという大切な仕事』です。死についての諸相をつづった本で、綾子さんの死をはじめ、家族、

後宮牧師夫妻と韓国の金宣教師の訪問

親族、友人、知人、信仰者の死について言及しています。本書の最後で、光世さんは「死んだらどうなるか～あとがきに代えて」に次のように書いています。

いずれにせよ、私たちの想像をはるかに超えた時間と空間が、未来に備えられているのは確かであり、それだけに、この貴重な人生を畏れをもって生きなければならないということであろう。ということになると、綾子が死んで、いま、どこでどうしているのか、さだかではないとしても、再会の望みをいつも確認していてよいのであろう。むろん、この世における妻としての存在を、そのままひきずるということではなく、もっと確かな存在としてである。そのためには、やはりこの世における生き方が問われるはずである。そして所詮（しょせん）、赦（ゆる）されなければどうしようもない人間であることに思いは至る。そして帰するところは、やはりキリストの十字架を仰ぐ以外にはない。

本書は綾子さんが亡くなってから約半年後に出版されました。この他に『希望は失望に終わらず』（致知出版社）、『三浦綾子創作秘話』（主婦の友社）、『綾子へ』（角川書店）、『妻三浦綾子と生きた四十年』（海竜社）、『二人三脚』（福音社）、『青春の傷痕』（いのちのことば社）などがあります。実に光世さんが75歳を過ぎてから書いた著作群です。綾子さんとの死別の悲しみの中にあっても、驚くほど精力的に執筆活動されたことが分かります。逆にその忙しさが、光世さんの深い悲しみをやわらげ、癒やしを与えたともいうことができるかもしれません。さらに、三浦家には来客が絶えず、時には1日に30人近い人が訪れることもあり、長い相談の電話も度々あったことなどを、初代秘書の宮嶋裕子さんは証言されています。

以前、本稿の第6回でも少し触れたことがありますが、三浦綾子記念文学館の初代館長、高野斗志美氏は、綾子さんが召されてから3年後の２００２年7月7日に病床洗礼を受け、その2日後に召されました。洗礼を受けた7月7日は、高野氏の73歳の誕生日。高野氏は、旭川北高校の教諭や東海大学、旭川大学の教授、学長と教壇一筋に歩んできた教育者であると同時に、文芸評論家としても幅広く活躍されました。

がんで闘病されていた高野氏は、召される少し前に、友人で三浦綾子記念文化財団副理事長の後藤憲太郎氏に「洗礼を受けたい。できるだけ早く。今は神様の方に手を差し伸べている心境です」と訴えられました。早速翌日、後藤氏は所属していた日本基督教団豊岡教会の久世そらち牧師と共に訪れ、高野氏は病床で次のように語りました。

私は文学で生きて来ましたから文学のことばで表現しますが、ドストエフスキーに傾倒したものとして、自分の中の善と悪に決着をつけようとして来ました。今イエス・キリストを仲介者として、神に委ねたい。これが私の懺悔（ざんげ）であり、告白です。（中略）「アーメン」という、このことばをずーっと言いたかった。（宮嶋裕子著『三浦家の居間で』より）

高野氏の突然の死は、大きな痛みであり悲しみでしたが、最後にキリストを受け入れて天に召されたことに、関係者一同大きな慰めと安堵（あんど）を覚えました。高野氏は、三浦文学の本当に良き理解者であり、また強力な援助者でした。綾子さんのデビュー作『氷点』が朝日新聞の千万円懸賞小説に入選した直後、綾子さんに直接「原罪とは何ですか？」と真正面から質問されたのが高野氏でした。

高野氏が召されたことにより、２００２年10月16日の三浦綾子記念文学館第２回理事会・評議委員会で、光世さんが２代目館長に選任されました。早速翌年１月から新館長、光世さんによる「小さな講演会」がスタートしました。同年９月には、開館５周年記念特別講演会として、星野富弘さんが「私の北極星」と題して感銘深い講演をされ、会場の旭川パレスホテル（現・アートホテル旭川）に約千人が詰め掛けました。光世さんは館長就任以来、文学館の企画する多彩な展示や行事などに献身的に関わられました。綾子さんの死後、間もなくして新しい秘書の山路多美枝さんが右腕となって働かれるようになりました。

館長になった光世さんは、来館者一人一人に親しく声を掛け、館内の展示を説明し、喫茶室でコーヒーをごちそうすることもありました。記念撮影も快く引き受けられ、来館者たちは光世さんの温かいもてなしに大変感激され、喜ばれていました。また、光世さんは非常に向学心の強い人で、ＮＨＫのラジオ英語講座を活用し独学で英語をマスターされました。光世さんが85歳の頃、私が夕方訪問したとき、居間からＮＨＫのラジオ英語講座の大きな音声が聞こえてきました。「光世さんは、80代半ばでも英語を学び続けておられる、すごい！」と感心したことがありました。

綾子さんが召されるまで、口述筆記、マネージャーとして三浦文学の重要な役割を果たしてこられた光世さん。最愛の妻、綾子さんの死を契機として、それから約15年にわたり、三浦文学を世に広める啓蒙的働きと、三浦綾子記念文学館の活動・運営全般に尽力し続けられました。綾子さんは還暦以降の執筆作品がそれ以前よりはるかに多く、驚いたことがありますそれに似て、光世さんは75歳から実に目を見張る働きをされたことに大きな励ましを頂いています。三浦夫妻は1971年に『氷点』などを執筆した旧宅（雑貨店）を、世界的な宣教団体OMF（国際福音宣教会、当時・国際福音宣教団）に寄贈しました。
そのOMFの第5代総裁、オズワルド・サンダース氏の『熟年の輝き』（いのちのことば社）に次のような記述があります。

青年時代のカレブは、鷲（わし）のように空をかけめぐった。中年時代には走ってもたゆまない技能を習得した。しかし、老年期には歩いても疲れないでいられただろうか。彼が最大の勝利を博したのは、年を重ねて老人になってからだったのである。カレブは、しばしば老年の悲哀とみなされるものを輝かしい勝利に転換できることを立証した。85歳になっても、老いを知らない、冒険心のある若々しさを示している。40歳の英雄は、85歳になっても、以前とまさらぬとも劣らぬ英雄である。カレブにとって、老年は老衰ではなく、攻勢であり達成だったのである。同時代の生きてきた後輩たちの多くが静かな隠退と余生だけを考えていた時、カレブは、ずっと若い人を驚かすような、大きな要求をする新しい冒険を計画していた。彼にはなお、青年のような力強さと意気込みがあった。（119〜

１２０ページ）

光世さんは、カレブのような身体的壮健さはなく病弱であり、自ら何か冒険をしようと計画したわけではありません。しかし主の御心に静かに従い、召されるまで精力的に、三浦綾子記念文学館の館長としての働きと講演・執筆活動などをされたところに、カレブと同じような信仰的生き方を見ることができます。

そして、その光世さんが館長に就任したころ、三浦文学に特別な使命を帯びた一人の青年が彗星（すいせい）のごとく現れ、旭川にやってきたのでした。

(13) 三浦綾子読書会の誕生と広がり

三浦綾子さんが召されて3年後の２００２年、まったく見知らぬ青年牧師から電話がありました。埼玉県在住の長谷川与志充牧師で、「自分は、三浦綾子さんの『塩狩峠』を読んで信仰に導かれました。このたび三浦綾子読書会を立ち上げ、綾子さんの地元、旭川でも読書会をしたいと願っています。その件でお会いしたいのですが…」と言うのです。私が初めて長谷川牧師とお会いしたとき、30代半ばの若さ、しかも当時は痩せていてとてもか弱い印象（失礼！）を受けました。そこで長谷川牧師から、三浦綾子読書会を始めたいという熱き志と経緯をお聞きしました。その経緯について、長谷川牧師の著書『ドラマティック・ゴッド』（イーグレープ）から紹介します。

岩手県の片田舎出身の長谷川少年は、愛情深いご両親、妹、祖父母に囲まれ、幸せな幼少時代を過ごしていました。ところが小学校に入ってから同級生たちによる陰湿ないじめに遭い、中学校に入ってもそれが続きました。しかしその後、良き担任教師の助けによって

三浦綾子読書会全国大会・長岡京市の勝竜寺城で
前列左から８人目が長谷川牧師（2016・10・29）

いじめから解放されるようになります。ですが今度は、「これからどのように生きていったらいいか分からない」という深刻な問題に直面しました。

「どう生きるべきか」という人生の問いに暗中模索する中、たまたま盛岡駅の構内書店で目に留まったのが『塩狩峠』でした。そして、その小説に記されていたキリストの言葉に強く引き付けられたのです。それは「父よ。彼らをお赦しください。彼らは、何をしているのか自分でわからないのです」（ルカ23：34）という、十字架上でキリストがささげた祈りです。

長谷川少年は「このキリストは私のことを知っている」と直感し、生まれて初めてイエス・キリストに真剣な祈りをささげました。誰から指導されたのでもなく、ただ一冊の小説を読んだだけで、「あなたが言われたように、私は何をしているのか自分で分からない状態なのです。しかしあなたは、私がこれからどのように生きていったらいいかご存じのお方であることを信じます。私の人生をあなたにすべてお委ねしますので、あなたの御心通りに私の人生を導いてください」と祈ったのです。

祈った後、「もうこれからは自分一人だけで人生を歩む必要はない。ただこのイエス・キリストに導かれるままに生きていけばいいのだ」という確信が与えられました。やがて高校に進みましたが、教会の敷居が高くて入れませんでした。しかしある日、神から心に語り掛けがありました。「あなたは大学生になると東京に行き、そこで教会に行くようになります。その時までは、三浦綾子さんの本を読んで私の時を待っていなさい」と。それはとても不思議な体験だったと、ご本人が述懐されています。

やがて東京外国語大学インドシナ語学科に入学、そして東京・豊島区の巣鴨聖泉キリスト教会に出席するようになりました。大学卒業後、キャンパス・クルセード・フォー・クライスト（CCC）のスタッフとして働き、その後故郷の岩手県で牧師按手礼を受け、1992年から2001年6月まで、盛岡聖泉キリスト教会の牧師として奉仕しました。再び上京し開拓伝道を始めた34歳の時に、「私はどのように東京の未信者の人々と接点を持っていったらよいのですか」と熱心に祈りました。すると「あなたの手にあるそれは何か」（出エジプト4：2）の語り掛けがあり、自分の手の中にある「秘密兵器」が、これまで愛読してきた綾子さんの作品であることを示されたといいます。

そこで東京での開拓伝道に際し、三浦綾子読書会を立ち上げるように導かれました。その直後、東京学芸大学で三浦光世さんの講演会があり、光世さんに直接、読書会の発足について相談する機会が不思議に与えられました。そこで光世さんから快諾を頂き、

2001年7月に東京で三浦綾子読書会が正式に発足しました。そして翌02年に、読書会の全国展開の導きが与えられ、長谷川牧師が、三浦文学誕生の舞台、旭川にも来られたというわけです。

私は長谷川牧師とお会いし、読書会誕生の経緯を聞く中で協力したい旨を伝えました。すぐに旭川めぐみキリスト教会を会場に読書会がスタートしました。特に、会場は光世さんの自宅まで徒歩2分の近さにあり、光世さんは毎回のように読書会に出席してくださり、各課題図書の創作秘話などを語ってくださいました。今振り返ると、何と恵まれたぜいたくな時間であったかと、感謝の思いが込み上げてきます。

その後、日本の代表的な都市、札幌・仙台・名古屋・大阪・福岡・那覇でも読書会が始まりました。各都市に熱心な三浦文学ファンがおられ、インターネットによる宣伝も効果的に用いられ、すぐさま初年度から全国で読書会がスタートすることになりました。02年は、長谷川牧師が毎月旭川に来られ、読書会を指導してくださいました。後日、この読書会や三浦作品を読んだことがきっかけで、3人の青年男性が信仰告白して洗礼に導かれたことは本当に感謝なことでした。

読書会が全国的に展開されるとともに、長谷川牧師は『道ありき』や『母』の演劇公演のために協力する機会も備えられるようになりました。その後、あれよあれよという間に、この読書会の働きは拡大し、発足から5年後の06年には、全国に37の読書会が誕生しました。さらに06年からは、海外でも読書会が発足するようになっていきました。現在、海外も含め全国各地約２００カ所で読書会が開催されています。読書会を通じて洗礼を受けた人も総勢１００人余りに上ります。

私は、長谷川牧師と初めてお会いしてから17年間、長谷川牧師が日本国内はもとより、世界各地を飛び回る姿に本当に驚嘆させられています。次から次へと斬新な発想を与えられ、かつ実践していく行動力は、不思議でさえあります。彗星（すいせい）のように現れた長谷川牧師は、主から三浦文学に特別な使命を与えられた選びの器だと認めざるを得ません。読書会の代表を２０１１年、森下辰衛（たつえい）氏に渡し、現在も顧問として精力的に国内外で活動されています。三浦綾子読書会誕生のために、主が長谷川牧師を用いられたことを深く感謝し、御名をあがめています。

（14）テレホン伝道から本3部作の出版が実現

　1999年10月12日、三浦綾子さんが召された直後、私は教会で行っていた3分間の「テレホンタイムともしび」で、追悼メッセージをしました。その内容は綾子さんの言葉を引用し、短いコメントをして聖句を引用するというシンプルなものです。このことが地元の北海道新聞で大きく紹介され、大変な反響がありました。通常1週間で2、30人の利用者が、この記事が出てから1週間で約950人と激増、多くの方々が聞いてくださいました。これには私自身、本当にびっくり仰天でした。当初数回で終わろうと考えていましたが、あまりにも反響が大きく、やめるにやめられず、結局約10年間「三浦綾子さんのことばと聖書」をテーマにテレホンメッセージを続けることになりました。

　さて綾子さんが召されて4、5年後、旭川市の旭山動物園が全国的な話題となりました。旭山動物園は、旭川市郊外にある日本最北の坂の多い小さな動物園で、パンダのような人気のある動物がいるわけでもありません。91年4月に千歳市から旭川市に転任して翌月、国際福音宣教会（OMF）のドイツ人宣教師シュナーベル一家と共に初めて見学しました。天候も肌寒かったのですが、動物たちが狭いおりに入れられて寂しそうな顔をしていて、

「かわいそう」という気持ちになってしまいました。あまり魅力のない、ごく平凡な地方の動物園という印象でした。当然入園者が激減し、閉園も検討され始めていました。

　しかし、動物を愛してやまない飼育員たちが理想の動物園を14枚のスケッチに描き、市に要望書を提出しました。それによって市議会は閉園ではなく、存続を決議し予算も付きました。そして斬新な魅力あふれる「行動展示」に切り替えてから、動物たちが生き生きと楽しそうに動き始めました。その結果、見学する者たちもハッピーな気分になり、信じられないほど多くの人たちが、国内外からこの小さな動物園に押し掛けるようになりました。ある年の夏には、それまで入園者数が常時日本一であった上野動物園を超え、全国トップになりました。旭山動物園は「奇跡の動物園」と呼ばれ、全国で動物園ブームが沸き起こるきっかけをつく

りました。

この「奇跡」を身近で目撃していた私の心の中に、「三浦文学を通じての福音宣教」というビジョンが与えられるようになりました。「難しい、難しい、困難だ」と言われる日本の福音宣教の中にあっても、伝道スタイルやアプローチを変えたら大きな宣教の道が切り開かれるかもしれない。三浦文学を用いたアプローチが、その突破口になるのではないか、というビジョンです。すでに三浦綾子記念文学館や塩狩峠記念館が完成し、前回ご紹介したように、彗星（すいせい）のごとく現れた長谷川与志充牧師による三浦綾子読書会も誕生。さらに一押し、いかにして多くの人々に三浦文学の魅力を伝えたらよいかを考えました。

その一つとして、「星野富弘カレンダー」からヒントを得て、「三浦綾子文学カレンダー」のアイデアが与えられました。そのことを当時札幌の広告会社に勤務していたクリスチャンの実弟に相談しました。このアイデアは会社の企画会議で了承され、三浦綾子記念文学館の了解も得て、一般の広告会社から「三浦綾子文学カレンダー」が全国で販売されるようになりました。北海道の美しい風景写真12枚と綾子さんの珠玉の12の言葉。このカレンダーを部屋に飾ることで、まさに1年３６５日、カレンダーを見る人たちに綾子さんのメッセージを伝えることができ、好評を得ました。広告会社退職後、実弟は「コミプレース」という会社を設立し、今も「三浦綾子文学カレンダー」の製作販売を続けています。

一方、約10年続けたテレホンメッセージの原稿を、一冊の本として出版したいという願いが与えられるようになりました。出版の願いを込めて、いのちのことば社の編集部に原稿を送りました。ところが1年近く何の応答もありませんでした。諦めかけていたとき、キリスト教書店「オアシス札幌店」の店長だった佐藤兄の助言で、編集部と再交渉でき、ついに綾子さん没後10周年の２００９年、『三浦綾子１００の遺言』というタイトルで出版することができました。出版社側は、果たして地方の無名牧師が書いたものが売れるのか、とかなり心配したようでした。しかし私の中には、一人の無名の少年が、わずかな食べ物を主イエスにささげたとき、５千人を食べさせたという奇跡が心に強く示されていました。実際出版されて5千人以上の方々に読んでいただき、現在9刷目です。

私の尊敬する中山弘正先生（明治学院大学元学院長）は「いのちのことば」誌（09年12月号）に、次のように書評を書いてくださいました。

本書は、三浦綾子と直接親交があった牧師が、三浦の多数の著書を読み込んだ上で、そ

れらの中から一句を「遺言」としてとり出し、それぞれに見合う聖句と自己のメッセージを述べたものである。（中略）著者の込堂師は、心の問題、自殺願望等々、正直に自らのことも告白しつつ本書を書かれた。著者自身の願望・告白が、三浦綾子の「遺言」と共鳴しつつ、本書を多くの老若男女への主イエスのメッセージとしている。

12年には、東日本大震災で被災した方々を励まそうと、『三浦綾子100の希望』を出版し、私の先祖の故郷（福島県浪江町）の人々が避難している二本松市の仮設住宅にも贈ることができました。

さらに13年には、『三浦綾子さんのことばと聖書　100の祈り』を出版できました。かつては、本を出版することなど想像もできませんでした。特にうれしいことは、この3部作を読んで感動した読者の方々が、家族や友人へのプレゼントとして用いてくださっていることです。さらに全国の多くの公共の図書館に拙著を置いていただいていることも大きな感謝という他ありません。

三浦夫妻との出会いと交流の中で、文筆を通じての働きの道が大きく切り開かれたことを、私自身非常に驚き、ただ主の御名をあがめています。

(15) もう一人の「秘密兵器」の登場

２００1年、長谷川与志充牧師が東京で三浦綾子読書会を創設したのと同じ頃、九州の福岡でも読書会が福岡女学院大学助教授の森下辰衛（たつえい）氏によって始められました。偶然にも同じ年に、２つの読書会が別々に発足したことを知った長谷川牧師と森下氏は、読書会を一つに統合することに決めました。

岡山県出身の森下氏は、山口大学大学院で学び、福岡市のミッションスクール、福岡女学院大学で助教授として日本近代文学を教えていました。大学で太宰治などを教えているとき、学生から三浦綾子の作品をという希望が出て講義に取り入れました。三浦作品の講義をしている中で、学生たちの瞳がキラキラと輝くようになっていきました。

これに内心驚いた森下氏は、１９９５年に学生たちを連れて、三浦文学の舞台、旭川を訪れ、そこで三浦光世・綾子夫妻と初めて出会いました。三浦夫妻は、遠く九州から来られた森下氏と学生たちを心からもてなしました。学生たちは大感激したようです。

森下氏自身は、22歳という若き日に、死も覚悟したという大病の中で『塩狩峠』を読み、三浦文学と初めて出会いました。その後、山口大学の後輩の女性と結婚。お相手の女性はキリスト者で、森下氏も洗礼に導かれるという経緯がありました。時が流れて２００６年、森下氏は大学の研修制度を活用して１年間の予定で家族６人、旭川にやってきました。１年後、大学に戻れば教授の椅子も用意されていました。

森下氏は、旭川に住みながら三浦文学の研究をし、三浦夫妻や旭川の三浦綾子読書会のメンバーとも親しく交流するようになりました。私もその頃、森下氏と初めて出会いました。

小柄ながら、情熱とユーモアのある知的で味のある講演に、大きな魅力を覚えるようになりました。この時期、森下氏が読書会に出掛ける際には、旭川六条教会の会員である村

椿洋子さんが送迎用の車を運転していました。そして読書会だけでなく、その車で三浦文学ゆかりの地をあちこち訪れるようになりました。そのうちに村椿さんは「森下先生が三浦綾子記念文学館にもっと関わってくださったら」と願うようになり、密かに「神様、森下先生が1年で九州に帰らず、ずっとここにいるようにさせてください」と祈り始めました。そして何と、森下氏はこの1年の滞在期間中に、旭川に完全移住する決心をしてくださったのです。村椿さんはそのことを知り、自分の密かな祈りが神に答えられたことを「祈りの力の怖ろしさを感じています」と、三浦綾子読書会会報（２０１８年8月20日号）に寄稿しています。

この辺の経緯について、森下氏は日本経済新聞の文化欄「三浦綾子の原点、友と読む」（『氷点』など題材に全国で読書会、心を伝えることに専念）で次のように述懐しています。

06年、旭川の三浦綾子記念文学館に特別研究員として1年間赴任。それを機に翌年大学を辞職。三浦綾子の心を伝える道に専念することにした。定職を失うことに迷いもあったが、「神様が喜ぶ道を選んで飢え死にするなら、一緒に死にましょう」と妻に言われ、腹が決まった。生活は厳しく、貯金は減り、野原のツクシを大量に採って食べたことも。それでも、私を必要として読書会に呼んでくださる方々がいることが喜びだった。（中略）幼いころに難病にかかり、今も苦しみ続ける40代の男性は、「人間の思いどおりにならないところに、何か神の深いお考えがある」（『続泥流地帯』）という一節に救われたそうだ。「人は苦難に遭うと過去に原因を探す。でも神はその理由を未来にお持ちなんだ」。彼の名言である。（中略）東日本大震災以降、被災者の方々の希望もあり、東北各地で読書会を開いている。仮設住宅に三浦作品を寄贈したところ、「かぶりつくように読んでいる」「綾子さんの言葉に励まされた」と感想をいただいた。三浦綾子は苦難の中に光を見つけた。だから被災地にこそこの国の希望が生まれると私は信じている。

森下氏は、三浦綾子記念文学館の特別研究員として三浦文学を研究するとともに、２０１１年には三浦綾子読書会の代表に就任されました。以来、毎週のように全国津々浦々を飛び回って読書会や講演活動に専念しています。特に大学生や高校生などの若者たちに『道ありき』の文庫版を無料贈呈して、三浦文学の素晴らしさを伝えています。さらに、北海道聖書学院や旭川医科大学などの授業で三浦文学の特別講義の機会も与えられました。福岡女学院大学で大学生たちと接していた経験が十分に生かされています。それにしても、その超人的な行動力には正直驚嘆するばかりです。

長谷川牧師が東京で開拓伝道するとき、「どのように伝道したらよいでしょうか」と祈り求めました。すると自分の手の中にある「秘密兵器」が、綾子さんの作品であることを示されたといいます。そのことがきっかけで、三浦綾子読書会が誕生しましたが、天の神は、もう一人の「秘密兵器」を九州に備えておられました。

現在の森下氏の存在と活動は、まさに神の備えたもう「秘密兵器」といえます。森下氏の著作や講演活動などを通じて、三浦作品が現代人に生き生きとよみがえり、人々に生きる希望と喜びを提供し続けています。

(16)「キリストのあほう」になった人

三浦作品を読んで人生が一変し、新しい希望の人生へと方向転換した人々が数えきれないほど多いことは、よく知られています。その中でも、旭川市在住の中島啓幸（ひろゆき）さんは稀有（けう）な存在です。旭川めぐみキリスト教会を会場に三浦綾子読書会を始めたころから、旭川六条教会の会員であった中島さんは毎回参加されるようになりました。市内の障がい者療育施設に勤務する、素朴で積極的な青年でした。読書会には、三浦光世さんも毎回参加されていましたが、中島さんは三浦綾子さんの著作（主に文庫本）をいつも何冊も持参して、会が終了する度に、光世さんにサインをお願いしていました。光世さんは、嫌な顔一つせず毎回快くサインしていました。

そのうち、中島さんが個人的に小説『塩狩峠』の歴史的史実を取材調査していることを耳にしました。そして、苦労してまとめたものを、２００７年７月に『塩狩峠、愛と死の記録』（いのちのことば社）として出版され

映画「塩狩峠」の主役・俳優の中野誠也さん（右）
「漫画 塩狩峠」の漫画家・のだますみさん（左）。中央・中島啓幸さん

たので驚きました。口で言うだけでなく、実際に行動する信仰者だと感心したのです。以下に、中島さんの著書から、ご本人の証しされていることをまとめさせていただきます。

中島さんは小学6年生の時、『塩狩峠』を読み、主人公が人のために命を捨てたという事実に深く感動しました。しかも自分が生まれ育った旭川に、主人公のモデルとなった長野政雄さんが生きていたことや、著者の綾子さんが実際に旭川に暮らしていることで、『塩狩峠』をとても身近に感じて生きていました。

中学生になって陰湿ないじめを受けるようになり、地獄のような日々の中で、あの『塩狩峠』の主人公が、もしこのいじめを知ったら、きっと命懸けで助けてくれるに違いないと真剣に考え始めました。

やがて20代前半にさしかかったころ、社会人として生きることの大変さと苦しみを味わう中で、再び「あの小説のモデルとなった長野さんが、ここにいてくれたらなあ」という思いになりました。そして1994年9月、綾子さんが所属する旭川六条教会の門をたたきました。

そこで実在のモデル、長野さんを生かしていたものが聖書であり、キリストの十字架であることを初めて知りました。教会に出席するようになり、三浦夫妻との交流も始まりました。翌年2月28日に厳寒の塩狩峠で、「塩狩峠アイス・キャンドルの集い」が開かれました。その直前、あまりに中島さんが「長野さん、長野さん」と言うので、綾子さんは「あなた、そんなに長野さんのことを大事に思っているなら、『塩狩峠』の続編を書いてみたら？」と言いました。

中島さんは、この綾子さんの一言に刺激を受け、余暇のすべてを費やして長野さんの足跡を追う取材と資料収集の旅をするようになりました。それは3年に及び、2002年秋から半年間、旭川六条教会の月報に「長野政雄の肖像」と題して連載しました。それが5年後に『塩狩峠、愛と死の記録』として出版されました。同書は、長野さんの誕生、生い立ちから、信仰を持った経緯、塩狩峠での殉職と葬儀について、実に克明に記していて興味深い内容です。

中島さんは、自分が尊敬する人には臆することなく連絡をし、直接訪問して関わろうとします。たとえば、インドのマザー・テレサに直接会いに出掛け、綾子さんから託された『塩狩峠』の英語版を届けたことがあります。その時、中島さんがマザー・テレサに長野さんの最期を伝えると、感動して「私の同志だ」と語ったといいます。

また、俳優の森繁久弥さんや樹木希林さんとも文通で交流を重ねました。特に樹木さんとの交流は、２０１９年３月に主婦の友社から出版された『樹木希林さんからの手紙』（ＮＨＫ「クローズアップ現代＋」＋「知るしん」制作班著）の中で紹介されました。幾つもある手紙の中で、最初に紹介されているのが、樹木さんが中島さんに宛てた手紙です。

中島さんの大胆さや行動力は、三浦作品との出会い、三浦夫妻との交流が大きな原動力になっています。２０１９年２月28日に開かれた「長野政雄さんをしのぶ会」では、映画「塩狩峠」で主役を演じた俳優の中野誠也さんを、中島さんが直接訪問し中野さんによる特別トーク会の開催が実現しました。中島さんはその当日、長野さんが殉職時に携帯していた血染めの小型聖書を、特別に参加者各自が手にすることができるようにしてくださり、参加者一同大いに感動したことです。

『塩狩峠、愛と死の記録』の解説で、三浦綾子読書会代表の森下辰衛（たつえい）氏は、次のように記しています。

永野信夫は言っています。「わたしはほんとうにキリストのあほうになりたいんです」（『塩狩峠』隣人）（中略）他の伝記小説の場合もそうだったろうと思いますが、尊敬する偉大な信仰者を描くことを通して、綾子さん自身が多くの恵みを受け成長していったと思います。綾子さんは、この「キリストのあほう」永野信夫を書きながら、自身も引き返すことのできない「キリストのあほう」の作家になっていったと思います。中島さんもこの『塩狩峠』に捕えられ「あほう」にされていった人です。綾子さんの『塩狩峠』と中島さんという探求者を得て、百年の歳月ののちに復活した「元祖キリストのあほう」長野政雄さんに会えるありがたい本。それがこの本です。

「キリストのあほう」になった中島さん、次はどんな冒険に踏み出されるのでしょうか。彼から目を離せません。

(17) 光世さんの晩年の祈りと静かな最期

1999年10月12日に三浦綾子さんが召天された後、夫の光世さんは、一人で生活されていましたが、秘書の山路多美枝さんが献身的に手助けされていました。三浦綾子記念文学館の高野斗志美初代館長が急逝された後、光世さんは2代目館長に就任。文学館運営の責任や講演、執筆活動と超多忙な毎日が待っていました。その多忙の合間を縫って、旭川めぐみキリスト教会での三浦綾子読書会には、ほぼ毎回出席され、課題図書の創作秘話などを語ってくださいました。ご自宅が教会から徒歩2分の近距離ですので、いろいろな機会にお会いできました。

ブラジルの中田智之宣教師が来旭されると、将棋が趣味の光世さんは、中田宣教師との対局をいつも楽しみにされていました。一度だけ、光世さんと中田宣教師をわが家にお招きし夕食を共にできたことは、懐かしい思い出です。

光世さんは、私に会う度に決まって言われた言葉があります。「牧師になっていただき、

三浦綾子記念文学館で・右は中田宣教師

本当にありがとうございます。毎朝、もっと主の働き人が起こされ、この国の津々浦々に十字架の付いた教会が建てられることを切にお祈りしています」と。この温かい言葉は、私の心に大きな励ましとなり心にしっかりと刻まれています。

光世さんが晩年祈られていたことは、主の働き人が多く起こされること、国中にキリストの教会が増え広がることでした。

確かに現在の日本は、もっと主の働き人が必要です。東京基督教大学（ＴＣＵ）国際宣教センターによる教職者の年齢分布（２０１５年）によりますと、全教職者のうち50歳未満が約千人しかいないのに対し、50歳以上が実に約９千人と9倍もいるのです。教職者の平均年齢が68歳、兼務などでカバーされている教会が９３０教会、牧師のいない教会は１２３０教会という驚くべきデータが報告されていて、あ然とさせられます。日本の近未来が本当に心配になります。

光世さんは毎朝の祈りの中で、現在の必要を示され、主の働き人が起こされることを祈っていたに違いありません。

２０１３年４月、私は旭川めぐみキリスト教会を定年で退任し、札幌に移り住みましたが、光世さんと旭川で22年間親しい交流が与えられたことは、何物にも代えがたい大きな恵みでした。
綾子さんは夫の光世さんに対して、著作の中で以下のように記されています。
「私はクリスチャンとして、甚だ怠惰な人間だと、いつも心から思っている。と言うのも、傍らにいる三浦が、事ごとによく祈るからである。信仰のこと、健康のこと、教会のこと、牧師や信者たちのこと、近所の人たちのこと、世界の平和のことなど、定まった時間に祈ることのほかに、三浦は随時感謝の祈りを捧げる。」(『心のある家』)
「こうしたユーモラスな言葉を、三浦はよく言うのだが、これがどれほど家庭を明るくし、二人の間を円満にしていることか。」(『それでも明日は来る』)
「三浦などは、「いいじゃないか、死ぬということは。死んだら、罪を犯す心配もないし、天国に入らせて下さるという約束はあるし。天国では、もう死ぬことはないんだからね」と、輝いた顔で、永生の希望を語る。わたしは、とてもそういうところには至らない。」(『光あるうちに』)
光世さんは、私が札幌に転居した翌14年10月30日、敗血症により召されました。
光世さんの最期については、秘書の山路さんから直接お聞きしましたので、紹介させていただきます。

90歳の高齢になられ、三浦綾子記念文学館に出向くことも、講演も、執筆などもほとんどなくなった光世さんは、何をするのでもなくぼーっとされていることが多くなりました。夏の疲れが出て、食欲もなく、かかりつけの佐藤内科医院で診察し点滴治療を受けました。「1週間くらい入院されたらどうでしょう」との勧めがあり、旭川リハビリテーション病院を紹介されました（入院した病院も、担当の丸山純一医師も、綾子さんが召されたときと同じでした）。

10月1日に入院した直前、三浦綾子記念文学館の茶話会のカラオケ大会があり、光世さんも出席され、懐メロなど5曲をお元気に歌われました。（中略）召される3日ほど前、丸山医師から「ここ3日が山です。親しい方々にはすぐ知らせてください」と告げられ、ごく親しい方々に伝えて病院に来ていただきました。ご本人はニコニコと皆さんと談笑されていました。

召された30日の午前中、光世さんはすごく良い笑顔で、私の16年間の秘書としての仕事を感謝し、綾子さんの死や葬儀、営林署時代や教会生活、故郷・滝上での生活などをずっと話されていました。私は午後1時ごろ文学館に出掛け、午後3時ごろ病室に戻りますと、光世さんはすやすやと眠っておられましたので安心して帰宅しました。夜8時ごろ、丸山医師から「大至急病院に来てください」との連絡がありました。急ぎ病室に行きましたが、光世さんは既に意識がなく、「光世先生、光世先生！」と呼び掛けましたが何の反応もありませんでした。夜9時半ごろ静かに眠るように召されました。

光世さんは、綾子さんが召された10月、旭川リハビリテーション病院で、同じ担当医師の手厚い医療を受け、特別な痛みや苦しみなどもなく、静かに自然に天に旅立ちました。私は、光世さんの最期の様子を聞いて、いかにも光世さんらしい最期だと安堵（あんど）しました。三浦綾子というクリスチャン作家が、これほど尊く用いられた背後に、夫の光世さんの存在と支えがあったことをあらためて覚えます。三浦光世という篤信のキリスト者を、尊く豊かに用いられた慈愛の父なる神の御名をあがめます。

(18) 三浦光世・綾子夫妻の素顔

主の不思議な導きで、北海道の千歳から旭川に転任し、教会から徒歩2分の所に住んでおられた三浦夫妻と出会い、親しい交流が与えられました。２０１９年６月15日に私は、出身教会である横浜のシャローム福音教会（木田仁逸牧師）創立50周年記念講演会に講師として招かれました。「私が知る作家　三浦綾子ご夫妻の素顔」という講演題を教会側から与えられました。そこで語ったことをベースに、「三浦夫妻の素顔」をまとめさせていただきます。

1・信仰の人――聖書通読・祈り・主日礼拝出席

三浦夫妻の最も著しい特色は、クリスチャ

ンであることを、いつでも公言していたことでした。時々この現実社会で、クリスチャンであることを公にすることが難しいことがあります。しかし三浦夫妻は、いつでも、どこでもクリスチャンである旗印を鮮明にして来られました。そしてこのことが、クリスチャンとして生きる覚悟を強固にしたともいえるでしょう。

三浦夫妻は、お元気な時には、毎朝の朝食前に旧約聖書3章、新約聖書1章を通読されていたことを証言されています。個人的に聖書通読することも大事ですが、夫婦で一緒に聖書通読することは、夫婦の絆を一層強める役割を果たしたに違いありません。さらに夫妻は、必ず祈りをもって『氷点』などの作品を執筆されました。三浦文学は、「愛と祈りの文学」といわれるゆえんです。月曜日から土曜日まで、基本的に執筆の仕事をして、日曜日は完全休養日で礼拝の日。綾子さんは、日曜日が最も楽しい日と語っていました。三浦夫妻の日々は、聖書通読、祈り、主日礼拝出席と、信仰生活の基本的3本柱が揺るがぬものでした。

2・夫婦愛の人――互いへの尊敬と思いやり

次に三浦夫妻の特筆すべきことは、その麗しい夫婦愛です。光世さんは、綾子さんとの結婚を決断するに当たり、「堀田綾子を愛する愛をください」と真剣に祈られたといいます。これは単に1回だけの祈りではなく、結婚生活40年にわたり、光世さんは毎日主に向かって、「あなたのご愛を与えてください」と祈られたに違いないと推測できます。光世さんは機会あるごとに「綾子はめんこい（かわいい）」と愛情表現され、健康管理のために綾子さんのマッサージを欠かすことがありませんでした。一方、綾子さんは、「私の夫は世界一の夫です」と公言されてはばかりませんでした。70代になっても、夫妻が仲良く腕を組んで町内を散歩する姿を幾度か見掛けることがありました。

3・牧師、伝道者の働きに対する尊敬――その愛の実践

三浦夫妻は、牧師、伝道者、宣教師の働きそのものに対して大きな尊敬を常に持たれていました。年齢の老若、経験のあるなしは関係がありませんでした。日本においては、牧師の社会的地位は決して高くなく、時には軽く見られ、伝道の困難に直面することも多々あります。経済的困窮を体験されている牧師たちもおられます。

三浦夫妻は、そのような牧師、伝道者、宣教師たちに常に励ましと尊敬の言葉を口にさ

れました。そして言葉だけではなく、実際的な贈物などを通して励まし続けられました。

神は正しい方であって、あなたがたの行いを忘れず、あなたがたがこれまで聖徒たちに仕え、また今も仕えて神の御名のために示したあの愛をお忘れにならないのです。（ヘブル６：10）

４・与える人――一生を終えて残るものとは

「受けるより与える方が幸いである」（使徒20：35）という聖句がありますが、三浦夫妻は、常に与えようという姿勢で生き抜かれました。ベストセラー作家として、地域の高額所得者として知られていましたが、ごく普通の住宅に住んでおられたので、三浦宅を訪れた多くの編集者たちが驚いたと聞いています。著名人でありながら、偉ぶることは一切なく、謙虚でつつましい生活を一貫して続けられました。

私が仕えていた旭川めぐみキリスト教会は、三浦夫妻の旧宅を譲り受けて開拓伝道が始まりました。礼拝人数が増えて、新会堂建設の話が浮上したとき、三浦夫妻は、旧宅裏の隣接地数十坪の土地をも教会に寄贈してくださいました。

子どものいなかった三浦夫妻は、自分たちが亡き後、自宅と土地、預貯金、著作権などを三浦綾子記念文学館を運営する財団法人に移譲する法的手続きも済ませておられました。

「一生を終えてのちに残るのは、われわれが集めたものではなくて、われわれが与えたものである」(『続氷点』)

5・伝道の情熱に燃えていた人――キリストの伝道者

三浦夫妻は結婚当初から、自分たちの幸せのためだけに結婚するのではなく、結婚を通じて主に仕え、キリストの福音を伝えようと固く決心しておられました。結婚間もなくして綾子さんが雑貨店を開業したのも、その店を通じて近所の人々と触れ合い、キリストを知らせたいというのが主な目的でした。

あの『氷点』執筆の動機もしかりです。旧宅を教会に寄贈し、新しく建てた自宅前には、教会案内と聖句を掲示できる掲示板を設置しました。その掲示板には、トラクトや教会を案内する文書も張られていました。毎年12月に、三浦宅で開かれていた子どもクリスマス会は有名です。毎回100人余りの子どもたちが集い、40数年(綾子さん没後も継続)続けられました。子どもたちへのクリスマスプレゼントを含め、これらの経費すべては、三浦夫妻が負担されました。幼い時に、この子どもクリスマス会に参加したことのあった近藤重信兄は、40代半ばで信仰を持って受洗されました。

神と人とを愛されて、この地上人生を駆け抜けた三浦夫妻には、次の聖句がぴったりと似合います。

信仰によって、アベルはカインよりもすぐれたいけにえを神にささげ、そのいけにえによって彼が義人であることの証明を得ました。神が、彼のささげ物を良いささげ物だとあかししてくださったからです。彼は死にましたが、その信仰によって、今もなお語っています。（ヘブル11：4）

あとがき

三浦綾子さんが、１９９９年10月12日に、77歳の生涯を終えた時、三浦綾子記念文学館の初代館長、高野斗志美氏は、「私たちの時代は、人間への限りない優しさによって魂の深い奥行きを生み出すことのできた、このようにも純粋な作家を再び持つことあるまい、とさえ思う」と含蓄深い哀悼の言葉を表しました。まさに三浦綾子という作家は、日本の文壇において非常に異色で稀有な作家だったと言えます。綾子さんが召された後も、毎年のように次々と新刊書（未発表のものがまとめられ）が発行されています。旭川市の民営民立の三浦綾子記念文学館は、多彩なプログラム企画で多くの来館者に三浦文学の魅力を発信続けています。全国で最も活動的な文学館かもしれません。さらに三浦綾子読書会は、全国各地に約２００か所近く誕生し豊かな交流の輪が拡大（海外にも）しつつあることは誠に嬉しい限りです。

今回の出版に当たりイーグレープ代表の穂森宏之氏に格段のご配慮とお世話になり心から感謝申し上げます。本書をお読みになった読者の皆様に天来の祝福をお祈りいたします。

込堂一博（こみどう・かずひろ）プロフィール

1948年、北海道室蘭市生まれ。明治学院大学、聖書神学舎卒業。横浜市のシャローム福音教会（旧・元石川神の教会）副牧師、千歳福音キリスト教会、旭川めぐみキリスト教会牧師を経て、2013年から札幌市の屯田キリスト教会（JECA）協力牧師。三浦綾子読書会相談役。

著書に「北の国の旅人」「人生の先にある確かな希望」（イーグレープ）「三浦綾子 100の遺言」「三浦綾子 100の希望」「三浦綾子さんのことばと聖書 100の祈り」（いのちのことば社）
「聖地の旅人」「終わりの時代の真の希望とは」（個人出版）

（著者連絡先）
電話・FAX　011-885-4388、090-7646-3588
Email:kazuhirokomido @gmail.com

三浦文学の魅力と底力

2020年1月25日　初版発行
2020年6月8日　第2刷発行

著　者　込堂一博
発行者　穂森宏之
発行所　イーグレープ
〒277-0921 千葉県柏市大津ヶ丘4-5-27-305
TEL:04-7170-1601　FAX:04-7170-1602
E-mail:p@e-grape.co.jp
ホームページ　http://www.e-grape.co.jp

乱丁・落丁本はお取り替えいたします

ISBN 978-4-909170-17-0 C0016